KB110632

예언자

예언자

칼릴 지브란

황유원 옮김

THE PROPHET
Kahlil Gibran

차례

『예언자』는 오르팔리스 성(城)에 열두 해를 머물던 알무스타파가 그곳을 떠나던 날의 기록이다. 그래서 이 책은 시작부터 작별의 기운으로 가득하다. 작별 전에 하는 말, 작별 전이라 할 수 있는 말, 작별하지 않았다면 하지 못했을 말…… 그것이 『예언자』의 문장들이다. 다소 과장되어 있으면서도 있는 힘껏 진실하고자 하는 마음을 끝내 놓지 않는 문장들. 이 책을 읽는 누구라도 지금 자신이 겪는 문제들에 대한 정답을 하나 이상은 발견할 수 있을 것이다.

오르팔리스 성에 온 것을 환영한다.

황유원

THE COMING OF THE SHIP

Almustafa, The chosen and the beloved, who was a dawn unto
his own day, had waited twelve years in the city of Orphalese
for his ship that was to return and bear him back to the isle
of his birth.

And in the twelfth year, on the seventh day of Ielool, the month
of reaping, he climbed the hill without the city walls and
looked seaward; and he beheld his ship coming with the mist.

Then the gates of his heart were flung open, and his joy flew far
over the sea. And he closed his eyes and prayed in the
silences of his soul.

But as he descended the hill, a sadness came upon him, and he
thought in his heart:

How shall I go in peace and without sorrow? Nay, not without
a wound in the spirit shall I leave this city.

Long were the days of pain I have spent within its walls, and
long were the nights of aloneness; and who can depart from
his pain and his aloneness without regret?

Too many fragments of the spirit have I scattered in these
streets, and too many are the children of my longing that
walk naked among these hills, and I cannot withdraw from
them without a burden and an ache.

배가 오다

알무스타파, 선택받은 자이자 사랑받는 자, 자기 시대의
　　여명(黎明)이었던 그는 오르팔리스 성(城)에서 열두 해
　　동안이나 자신의 배를 기다리고 있었다. 다시 돌아와
　　그를 자신이 태어난 섬으로 데려다줄 바로 그 배를.
그리하여 열두 번째 되던 해, 수확의 달 이에룰의 초이렛날,
　　그는 성벽 밖 언덕에 올라 바다를 바라보다가 안개
　　속에서 자신의 배가 다가오고 있는 것을 보았다.
그러자 그의 모든 마음의 문은 활짝 열렸고 기쁨은 저
　　멀리 바다 너머까지 날아올랐다. 그는 두 눈을 감은 채
　　영혼의 침묵 속에서 기도드렸다.

그러나 언덕을 내려오자 뜻밖의 슬픔이 그에게 엄습했고,
　　그는 마음속으로 생각했다.
내 어찌 슬픔 없이 평온 속에서 떠날 것인가? 아니다,
　　영혼에 상처 하나 없이는 나 이 도시를 떠날 수 없으리.
내가 성벽 안에서 보낸 고통의 날들 길었고 고독했던 밤들
　　또한 길었다. 자신의 고통과 고독으로부터 후회 없이
　　떠날 자, 그 누가 있겠는가?
너무나 많은 영혼의 편린들을 나는 이 거리 저 거리에
　　흩뿌렸고, 너무나 많은 내 열망의 자식들이 이 언덕 저
　　언덕 사이를 벌거숭이로 나다니는구나. 그러니 마음의
　　짐과 아픔 없이는 나는 그것들로부터 떠날 수 없다.

It is not a garment I cast off this day, but a skin that I tear with my own hands.

Nor is it a thought I leave behind me, but a heart made sweet with hunger and with thirst.

Yet I cannot tarry longer.

The sea that calls all things unto her calls me, and I must embark.

For to stay, though the hours burn in the night, is to freeze and crystallize and be bound in a mould.

Fain would I take with me all that is here. But how shall I?

A voice cannot carry the tongue and the lips that give it wings. Alone must it seek the ether.

And alone and without his nest shall the eagle fly across the sun.

Now when he reached the foot of the hill, he turned again towards the sea, and he saw his ship approaching the harbour, and upon her prow the mariners, the men of his own land.

오늘 내가 벗어 버리는 것은 한낱 옷이 아니라 내가 내 두
　　손으로 찢는 살갗.
내가 남기고 가는 것은 사상(思想)도 아니다. 그것은 다만
　　굶주림과 목마름으로 감미로워진 마음.

하지만 더는 지체할 수 없어.
자신에게로 온갖 것들 불러들이는 어머니 바다가 나를
　　부른다. 그러니 나는 배에 올라야만 하겠지.
비록 밤이 되면 시간은 불타오를지언정, 머무름은 얼어붙고
　　결정(結晶)을 이루어 하나의 틀 안에 속박되는 일이기에.
내 기꺼이 여기 있는 모두를 나와 함께 데려가고 싶다.
　　하지만 어떻게?
목소리는 스스로에게 날개를 달아 주는 혀와 입술까지
　　데려가진 못하는 법. 목소리 홀로 창공에 다다라야만
　　하리.
그리하여 홀로 둥지 없이, 독수리는 태양을 가로질러
　　날아가야 하리.

언덕 기슭에 다다랐을 무렵, 그는 다시 바다를 향해
　　돌아섰고, 그리하여 그는 자신의 배가 뱃머리에 그의
　　고향 땅 사람들인 선원들을 싣고 항구로 다가오고 있는
　　것을 보았다.

And his soul cried out to them, and he said:

Sons of my ancient mother, you riders of the tides,

How often have you sailed in my dreams. And now you come
in my awakening, which is my deeper dream.

Ready am I to go, and my eagerness with sails full set awaits the
wind.

Only another breath will I breathe in this still air, only another
loving look cast backward,

And then I shall stand among you, a seafarer among seafarers.

And you, vast sea, sleepless mother,

Who alone are peace and freedom to the river and the stream,

Only another winding will this stream make, only another
murmur in this glade,

And then shall I come to you, a boundless drop to a boundless
ocean.

And as he walked he saw from afar men and women leaving
their fields and their vineyards and hastening towards the
city gates.

And he heard their voices calling his name, and shouting from
field to field telling one another of the coming of his ship.

그러자 그의 영혼이 그들에게 외쳤다. 그는 말하길,
내 태곳적 어머니의 아들, 그대 파도를 타는 이들이시여,
그대들이 얼마나 자주 내 꿈속을 항해했던가요. 그런데
　　이제 그대들은 내가 깨어나는 때, 나의 더 깊은
　　꿈속에도 오시는군요.
나는 떠날 준비를 마쳤습니다. 내 열망은 돛을 활짝 펼친 채
　　바람이 불어오기만을 기다리죠.
이 고요한 대기 속에서 딱 한 번만 더 숨 들이쉬고 나면, 딱
　　한 번만 더 다정한 얼굴로 뒤돌아보고 나면
나는 선원들 중의 선원인 그대들 가운데 설 것입니다.
그리고 당신, 홀로 강과 시냇물의 평화이자 자유인
광대한 바다, 잠들지 않는 어머니시여,
이 시냇물이 딱 한 번만 더 굽이치고 나면, 이 숲속 빈
　　터에서 딱 한 번만 더 졸졸 흐르고 나면
나는 당신께로 갈 것입니다, 무한한 대양(大洋)에 무한한
　　물방울 하나로.

그러고서 그는 걸어가다가 저 멀리 사내와 아낙들이 그들의
　　들판과 포도원을 떠나 성문(城門)을 향해 서둘러 가는
　　것을 보았다.
그리고 그는 그들의 목소리가 자신의 이름을 부르는 것을,
　　들판에서 들판으로 소리치며 서로가 서로에게 배의

13

And he said to himself:

Shall the day of parting be the day of gathering?

And shall it be said that my eve was in truth my dawn?

And what shall I give unto him who has left his plough in
midfurrow, or to him who has stopped the wheel of his
winepress?

Shall my heart become a tree heavy-laden with fruit that I may
gather and give unto them?

And shall my desires flow like a fountain that I may fill their
cups?

Am I a harp that the hand of the mighty may touch me, or a
flute that his breath may pass through me?

A seeker of silences am I, and what treasure have I found in
silences that I may dispense with confidence?

If this is my day of harvest, in what fields have I sowed the
seed, and in what unremembered seasons?

If this indeed be the hour in which I lift up my lantern, it is
not my flame that shall burn therein.

도착을 알리는 것을 들었다.

그러자 그는 혼자서 중얼거렸다.
작별의 날이 회합의 날이 될 것인가?
그리하여 나의 전야(前夜)가 실은 나의 여명이었다 말해질
  것인가?
내가 밭고랑 가운데 쟁기를 던져 두고 온 그에게, 혹은
  포도즙 짜는 틀의 수레바퀴를 멈추고 온 그에게 무엇을
  주어야만 하는가?
내 마음이, 내가 수확해 그들에게 주어야 할 열매 무겁게
  달린 나무가 될 것인가?
내 욕망이, 그들의 잔 채워 줄 샘물처럼 흐를 것인가?
내가 하프여서 힘센 신께서 나를 손으로 퉁기실 것인가,
  아니면 피리여서 그분의 숨결이 나를 통해 흘러갈
  것인가?
나는 침묵을 구하는 자인가, 그리하여 나는 이 침묵 속에서
  자신 있게 나누어 줄 그 어떤 보물을 발견하였는가?
만일 오늘이 내 수확의 날이라면, 어떤 들판에, 그리고 어떤
  기억 못 할 계절에 나는 씨를 뿌렸단 말인가?
만일 지금이 실로 내가 나의 등(燈)을 들어 올릴 시간이라
  하여도, 그 속에서 타오를 것은 나의 불꽃이 아니다.

Empty and dark shall I raise my lantern,

And the guardian of the night shall fill it with oil and he shall
light it also.

These things he said in words. But much in his heart remained
unsaid. For he himself could not speak his deeper secret.

And when he entered into the city all the people came to meet
him, and they were crying out to him as with one voice.

And the elders of the city stood forth and said:

Go not yet away from us.

A noontide have you been in our twilight, and your youth has
given us dreams to dream.

No stranger are you among us, nor a guest, but our son and
our dearly beloved.

Suffer not yet our eyes to hunger for your face.

텅 비고 어두운 등을 나는 들어 올리리,
그러면 밤의 수호자가 그것을 기름으로 가득 채우고 또한
그것을 밝히리.

이런 것들을 그는 말했다. 하지만 더 많은 것들이 그의
마음속에 말해지지 않은 채 남아 있었다. 스스로도
자신의 더 깊은 비밀을 발설할 수 없었기에.

그리하여 그가 성 안으로 들어왔을 때 모든 이들이 그를
만나러 왔는데, 그들은 마치 한목소리인 양 그를 향해
외쳐 대고 있었다.
먼저 도시의 원로들이 나서서 말했다.
아직은 우리에게서 떠나지 마소서.
그동안 우리가 황혼 속에 있을 때 당신은 한낮이었고,
당신의 젊음은 우리에게 꿈꾸어야 할 꿈들을
주었습니다.
당신은 우리들 사이에서 이방인이 아니요, 손님도 아닙니다.
당신은 바로 우리의 아들이자 우리가 진정으로
사랑하는 분.
아직은 우리들의 눈이 당신 얼굴에 대한 허기짐으로
고통받게 하지 마소서.

And the priests and the priestesses said unto him:

Let not the waves of the sea separate us now, and the years you
have spent in our midst become a memory.

You have walked among us a spirit, and your shadow has been
a light upon our faces.

Much have we loved you. But speechless was our love, and with
veils has it been veiled.

Yet now it cries aloud unto you, and would stand revealed
before you.

And ever has it been that love knows not its own depth until
the hour of separation.

And others came also and entreated him.

But he answered them not. He only bent his head; and those
who stood near saw his tears falling upon his breast.

And he and the people proceeded towards the great square
before the temple.

And there came out of the sanctuary a woman whose name was
Almitra. And she was a seeress.

And he looked upon her with exceeding tenderness, for it was
she who had first sought and believed in him when he had

그러자 남녀 사제(司祭)들도 그에게 말했다.
바다의 물결이 지금 우리를 갈라놓도록, 그리하여 당신이
    우리들 사이에서 보낸 세월이 기억이 되어 버리지 않게
    하소서.
당신은 우리들 사이에서 한 정신(精神)으로 거닐었으며,
    당신의 그림자는 우리의 얼굴을 비추는 빛이었습니다.
우리는 당신을 무척이나 사랑했어요. 다만 우리의 사랑은
    과묵했기에 베일에 가려져 있었을 뿐.
그러나 이제 사랑은 당신을 향해 큰 소리로 외치며, 그
    모습을 드러낸 채 당신 앞에 설 것입니다.
늘 그래 왔듯 사랑이란 작별의 시간이 오기 전까진
    스스로의 깊이를 알지 못하는 법.

그러자 다른 이들 또한 찾아와 그에게 간청했다.
하지만 그는 아무 대답도 하지 않았다. 다만 고개를
    떨구었을 뿐. 그의 곁에 서 있던 자들은 그의 가슴 위로
    떨어지는 그의 눈물을 보았다.
그리고 그와 사람들은 사원 앞의 대광장을 향해 나아갔다.

그때 그곳 성소에서 알미트라라는 이름의 한 여인이 걸어
    나왔다. 그녀는 예언자였다.
그러자 그는 넘치도록 다정한 눈길로 그녀를 바라보았다.

been but a day in their city.

And she hailed him, saying:

Prophet of God, in quest for the uttermost, long have you searched the distances for your ship.

And now your ship has come, and you must needs go.

Deep is your longing for the land of your memories and the dwelling place of your greater desires; and our love would not bind you nor our needs hold you.

Yet this we ask ere you leave us, that you speak to us and give us of your truth.

And we will give it unto our children, and they unto their children, and it shall not perish.

In your aloneness you have watched with our days, and in your wakefulness you have listened to the weeping and the laughter of our sleep.

Now therefore disclose us to ourselves, and tell us all that has been shown you of that which is between birth and death.

그가 이들의 도시에 온 지 겨우 하루밖에 되지 않았을
　　때, 처음 그를 찾아와 믿어 준 사람이 바로 그녀였기에.
알미트라는 그를 환영하며 말했다.
극한(極限)을 추구하는 분, 신의 예언자시여, 당신은
　　오래도록 당신의 배를 찾아 먼 거리를 헤맸습니다.
그리고 이제 당신의 배가 왔으니 당신은 떠나야만 합니다.
당신의 기억의 땅, 당신의 더 큰 욕망이 살고 있는 곳에
　　대한 당신의 열망은 깊습니다. 그러니 우리의 사랑으로
　　당신을 구속하지도, 우리의 필요로 당신을 붙들지도
　　않을 거예요.
하지만 당신이 우리를 떠나기 전에 한 가지만 부탁드리건대,
　　우리에게 당신의 진리를 말로써 전해 주세요.
그러면 우리는 그것을 우리의 아이들에게 전할 것입니다.
　　또한 그들이 그들의 아이들에게 전할 것이고, 그리하여
　　그것은 영영 사라지지 않을 거예요.
당신은 당신의 고독 속에서 우리의 낮을 지켜보았으며, 또한
　　당신은 당신의 깨어 있음 속에서 잠든 우리들의 울음과
　　웃음에 귀 기울였습니다.
그러니 이제 우리가 누구인지를 우리에게 드러내 주시고,
　　당신이 본 탄생과 죽음 사이에 있는 모든 것들을
　　우리에게 말씀해 주세요.

And he answered,

People of Orphalese, of what can I speak save of that which is
even now moving within your souls?

그러자 그가 대답했다.

오르팔리스 사람들이여, 심지어 지금도 그대들 영혼 속에서
　움직이고 있는 바로 그것 외에 내가 또 무엇을 말할 수
　있겠습니까?

ON LOVE

Then said Almitra, "Speak to us of Love."

And he raised his head and looked upon the people, and there
fell a stillness upon them. And with a great voice he said:

When love beckons to you, follow him,

Though his ways are hard and steep.

And when his wings enfold you yield to him,

Though the sword hidden among his pinions may wound you.

And when he speaks to you believe in him,

Though his voice may shatter your dreams as the north wind
lays waste the garden.

For even as love crowns you so shall he crucify you. Even as he
is for your growth so is he for your pruning.

Even as he ascends to your height and caresses your tenderest
branches that quiver in the sun,

So shall he descend to your roots and shake them in their
clinging to the earth.

사랑에 대하여

그러자 알미트라가 말했다. "우리에게 '사랑'에 대해 말씀해
　　주세요."
그가 고개를 들어 사람들을 바라보자 그 위로 정적이
　　흘렀다. 이윽고 알무스타파는 큰 소리로 말했다.
사랑이 당신을 손짓하여 부르거든 그를 따라가세요,
비록 그 길이 험하고 가파를지라도.
그리고 사랑의 날개가 당신을 감싸 안거든 그에게 몸을
　　맡기세요,
비록 그 깃털 속에 숨겨진 칼이 당신을 상처 입힐지라도.
그리고 사랑이 당신에게 말하거든 그를 믿으세요,
비록 그 목소리가 마치 정원을 폐허로 만드는 북풍과도
　　같이 당신의 꿈들을 산산조각 낼지라도.

사랑은 당신에게 왕관을 씌워 주면서도 당신을 십자가에
　　못 박을 것이기 때문입니다. 그는 당신을 자라게 하는
　　동시에 당신의 가지를 쳐내기도 하죠.
사랑은 당신의 가장 높은 곳까지 솟아올라 햇빛 속에
　　흔들리는 당신의 가장 연한 가지들을 쓰다듬으면서도
또한 당신의 뿌리로 내려가 대지를 꼭 붙들고 있는
　　그것들을 흔들어 댈 것입니다.

Like sheaves of corn he gathers you unto himself.

He threshes you to make you naked.

He sifts you to free you from your husks.

He grinds you to whiteness.

He kneads you until you are pliant;

And then he assigns you to his sacred fire, that you may
become sacred bread for God's sacred feast.

All these things shall love do unto you that you may know the
secrets of your heart, and in that knowledge become a
fragment of Life's heart.

But if in your fear you would seek only love's peace and love's
pleasure,

Then it is better for you that you cover your nakedness and pass
out of love's threshing-floor,

Into the seasonless world where you shall laugh, but not all of
your laughter, and weep, but not all of your tears.

마치 곡식단을 거두듯 사랑은 자신에게로 당신을 거두어
　　들입니다.
그는 당신을 타작해 벌거벗게 합니다.
그는 당신을 체로 쳐 겉껍질을 털어 버려요.
그는 당신이 새하얗게 될 때까지 빻습니다.
그는 당신이 물렁해질 때까지 반죽하죠.
그러고서 그는 당신을 자신의 거룩한 불 위에 올려, 당신이
　　'신'의 거룩한 성찬을 위한 거룩한 빵이 되게 합니다.

사랑은 이 모든 것들을 당신에게 행할 것입니다. 그리하여
　　당신이 당신의 마음속 비밀을 알게 되도록, 그리하여
　　그러한 앎 속에서 '생명'의 마음의 일부가 되도록.

하지만 두려움 때문에 당신이 오직 사랑의 평화와 사랑의
　　쾌락만을 찾으려 한다면,
그렇다면 차라리 당신의 헐벗음을 가린 채 사랑의 탈곡장을
　　그냥 지나쳐 아예 계절 없는 세상으로 가 버리는 편이
　　낫겠네요.
그곳에서 당신은 웃을지언정 당신의 모든 웃음 웃진 못할
　　것이고, 울지언정 당신의 모든 눈물로 울진 못하겠지만요.

Love gives naught but itself and takes naught but from itself.

Love possesses not nor would it be possessed;

For love is sufficient unto love.

When you love you should not say, "God is in my heart," but
    rather, "I am in the heart of God."

And think not you can direct the course of love, for love, if it
    finds you worthy, directs your course.

Love has no other desire but to fulfil itself.

But if you love and must needs have desires, let these be your
    desires:

To melt and be like a running brook that sings its melody to
    the night.

To know the pain of too much tenderness.

To be wounded by your own understanding of love;

And to bleed willingly and joyfully.

To wake at dawn with a winged heart and give thanks for
    another day of loving;

사랑은 사랑 외에는 어떤 것도 주지 않으며 사랑 아닌
　　것으로부터는 어떤 것도 받지 않습니다.
사랑은 소유하지도 소유되지도 않아요.
사랑은 사랑만으로도 충분하니까요.

당신이 사랑할 때, 당신은 "'신'께서 내 마음속에 계시다."라고
　　하지 말고 "내가 '신'의 마음속에 있구나."라고 말해야
　　합니다.
또한 당신이 사랑의 갈 길을 인도할 수 있다 생각지 마세요.
　　만일 사랑이 당신을 가치 있게 여긴다면 사랑이 당신의
　　갈 길을 인도할 테니까요.

사랑은 스스로를 채우는 것 말고는 다른 어떤 욕망도 품지
　　않습니다.
하지만 만일 당신이 사랑하면서도 굳이 다른 욕망을 품어야
　　하겠다면, 이것들을 당신의 욕망으로 삼으세요.
녹아서 밤새 노래하며 흘러가는 개울처럼 되기를.
지나친 다정함의 고통을 알게 되기를.
스스로 깨우친 사랑으로 인해 상처받고
그리하여 기꺼이 기쁜 마음으로 피 흘리기를.
새벽에 날개 달린 마음으로 깨어나 또 하루치의 사랑에
　　감사하기를.

To rest at the noon hour and meditate love's ecstasy;

To return home at eventide with gratitude;

And then to sleep with a prayer for the beloved in your heart
and a song of praise upon your lips.

한낮엔 한가로이 사랑의 황홀경에 빠져들기를.
해 질 녘엔 감사하는 마음으로 집으로 돌아오기를.
그러고서 마음속으로는 당신의 연인 위해 기도하고
　입술로는 찬미의 노래 읊조리며 잠자리에 들기를.

ON MARRIAGE

Then Almitra spoke again and said, "And what of Marriage,
  master?"

And he answered saying:

You were born together, and together you shall be forevermore.

You shall be together when white wings of death scatter your
  days.

Ay, you shall be together even in the silent memory of God.

But let there be spaces in your togetherness,

And let the winds of the heavens dance between you.

Love one another, but make not a bond of love:

Let it rather be a moving sea between the shores of your souls.

Fill each other's cup but drink not from one cup.

Give one another of your bread but eat not from the same loaf.

Sing and dance together and be joyous, but let each one of you
  be alone,

Even as the strings of a lute are alone though they quiver with
  the same music.

결혼에 대하여

그러자 알미트라가 다시 물으며 말했다. "그렇다면
'결혼'은요, 스승이시여?"
알무스타파가 답하며 말하길,
당신들은 함께 태어났으며, 서로 영원히 함께할 것입니다.
죽음의 흰 날개가 당신들의 일생을 산산조각 낼 때도
당신들은 함께일 거예요.
아아, 당신들은 심지어 '신'의 고요한 기억 속에서조차
함께일 것입니다.
하지만 서로 함께 있되, 사이에 거리를 두세요.
그리하여 창공의 바람이 당신들 사이에서 춤추게 하세요.

서로 사랑하세요, 하지만 사랑으로 구속하진 마세요.
그보다는 당신들 두 영혼의 해안 사이에 바다가 넘실대게
하세요.
서로의 잔을 채워 주되, 어느 한쪽 잔으로만 마시진 마세요.
서로가 서로의 빵을 나누되, 어느 한쪽 빵만 먹진 마세요.
함께 노래하고 춤추며 즐거워하되, 서로는 각자 혼자이게
하세요,
심지어 하나의 음악으로 울리는 류트의 현들조차 다들 각자
혼자잖아요.

Give your hearts, but not into each other's keeping.

For only the hand of Life can contain your hearts.

And stand together yet not too near together:

For the pillars of the temple stand apart,

And the oak tree and the cypress grow not in each other's
    shadow.

서로 마음을 주세요, 하지만 그걸 소유하려 들진 마세요.
왜냐하면 오직 '생명'의 손길만이 당신들의 마음을 소유할
　　수 있을 테니까요.
함께 서 있되, 너무 가까이 붙진 마세요.
사원의 기둥들도 서로 떨어져 서 있고,
오크 나무와 사이프러스도 서로의 그늘 아래서 자라진
　　않잖아요.

ON CHILDREN

And a woman who held a babe against her bosom said, "Speak
    to us of Children."
And he said:
Your children are not your children.
They are the sons and daughters of Life's longing for itself.
They come through you but not from you,
And though they are with you yet they belong not to you.

You may give them your love but not your thoughts,
For they have their own thoughts.
You may house their bodies but not their souls,
For their souls dwell in the house of tomorrow, which you
    cannot visit, not even in your dreams.
You may strive to be like them, but seek not to make them like
    you.
For life goes not backward nor tarries with yesterday.
You are the bows from which your children as living arrows are
    sent forth.

아이들에 대하여

그리고 품에 아기를 안고 있던 한 여인이 말했다. "우리에게
　'아이들'에 대해 말씀해 주세요."
그러자 알무스타파가 말하길,
당신들의 아이들은 당신들의 아이들이 아닙니다.
그들은 스스로를 열망하는 '생명'의 아들딸들입니다.
당신들의 아이들은 당신들을 통해서 왔지만 당신들로부터
　온 건 아니에요.
그리고 그들이 비록 당신들과 함께이긴 하지만 그들이
　당신들의 소유인 것도 아닙니다.

아이들에게 사랑을 줄 순 있겠으나 당신들의 생각까지
　강요하진 마세요.
그들에게도 그들만의 생각이 있으니까요.
아이들에게 육신의 거처를 마련해 줄 순 있겠으나 영혼의
　거처까지 마련해 주진 마세요.
그들의 영혼은 내일의 집에 살고 있고, 당신들은 그곳을
　꿈에서조차 방문할 수 없으니까요.
아이들처럼 되기 위해 노력할 순 있겠으나 아이들을
　당신들처럼 만들려 하진 마세요.
삶은 거꾸로 흘러가지도, 지난날에 머물지도 않으니까요.
당신들은 살아 있는 화살로서 당신들의 아이들을 쏘아 내는
　활입니다.

The archer sees the mark upon the path of the infinite, and He
   bends you with His might that His arrows may go swift and
   far.

Let your bending in the archer's hand be for gladness;

For even as He loves the arrow that flies, so He loves also the
   bow that is stable.

궁수인 '그분'은 무한의 길 위에서 과녁을 겨누고는 자신의
　　화살들이 빠르게, 멀리 날아갈 수 있도록 당신들을
　　힘껏 휘게 합니다.
당신들은 궁수의 손에 휘어짐을 기쁘게 여기세요.
'그분'은 날아가는 화살을 사랑하는 만큼, 굳건한 활 또한
　　사랑하니까요.

ON GIVING

Then said a rich man, "Speak to us of Giving."

And he answered:

You give but little when you give of your possessions.

It is when you give of yourself that you truly give.

For what are your possessions but things you keep and guard
for fear you may need them tomorrow?

And tomorrow, what shall tomorrow bring to the overprudent
dog burying bones in the trackless sand as he follows the
pilgrims to the holy city?

And what is fear of need but need itself?

Is not dread of thirst when your well is full, the thirst that is
unquenchable?

There are those who give little of the much which they
have — and they give it for recognition and their hidden
desire makes their gifts unwholesome.

주는 것에 대하여

그때 한 부자가 말했다. "우리에게 '주는 것'에 대해 말씀해
　　주세요."
그러자 알무스타파가 대답하길,
당신이 가진 것들을 내어 줄 때 그것은 주는 것이라 할 수
　　없습니다.
당신이 당신 자신을 내어 줄 때, 그때야말로 당신은 진정으로
　　주는 것입니다.
당신이 가진 것들이란, 내일이면 필요하게 될지도 모른다는
　　두려움에 당신이 지키고 간직하는 것들에 불과하지
　　않습니까?
게다가 내일이라뇨. 성스러운 도시로 향하는 순례자들을
　　쫓는 와중에 정작 길 없는 모래 속에 뼈를 파묻고 있는
　　아주 약삭빠른 개에게, 그 내일이 과연 무슨 의미가
　　있겠습니까?
그리고 궁핍함을 두려워하는 것이야말로 진정 궁핍함이
　　아니겠어요?
당신의 우물이 가득 차 있는데도 목마를 것을 근심하는 것,
　　그것이야말로 해소할 수 없는 목마름 아니겠어요?

가진 것은 많은데 조금만 주는 이들이 있습니다. 그들은
　　인정받기 위해 주는 것이어서 그들의 숨겨진 욕망은
　　그들이 주는 선물의 의미를 퇴색시켜 버립니다.

And there are those who have little and give it all.

These are the believers in life and the bounty of life, and their
coffer is never empty.

There are those who give with joy, and that joy is their reward.

And there are those who give with pain, and that pain is their
baptism.

And there are those who give and know not pain in giving, nor
do they seek joy, nor give with mindfulness of virtue;

They give as in yonder valley the myrtle breathes its fragrance
into space.

Through the hands of such as these God speaks, and from
behind their eyes He smiles upon the earth.

It is well to give when asked, but it is better to give unasked,
through understanding;

And to the open-handed the search for one who shall receive is
joy greater than giving.

And is there aught you would withhold?

All you have shall some day be given;

그리고 가진 것은 적은데 그것들을 모두 줘 버리는 이들도
　　있습니다.
그들은 삶과 삶의 풍족함을 믿는 이들이어서 그들의 금고는
　　절대 비는 법이 없죠.
기쁜 마음으로 주는 사람들이 있습니다. 그런데 그
　　기쁨이야말로 그들이 받는 보상이에요.
고통스러운 마음으로 주는 사람들도 있습니다. 그런데 그
　　고통이야말로 그들이 받는 세례입니다.
또한 주되 주는 것의 고통을 모르며 기쁨도 구하지 않으며,
　　그게 전혀 선행이라는 생각도 없이 주는 이들이
　　있습니다.
그들은 마치 저쪽 골짜기에서 도금양(桃金孃)이 공중에
　　자신의 향을 풍기는 것처럼 줍니다.
바로 이러한 자들의 손으로 '신'은 말씀하시고, 그들의 눈
　　뒤에서 '그분'은 대지를 향해 미소 지으시죠.

부탁받았을 때 주는 건 좋은 일입니다. 하지만 미리
　　짐작하고서, 부탁받지 않았을 때 주는 편이 더 낫겠지요.
그리고 아낌없이 주는 사람에게는 받을 사람을 찾아다니는
　　일이 주는 것보다 더 큰 기쁨입니다.
당신이 간직할 만한 것이란 게 있긴 있습니까?
당신이 가진 모든 것은 언젠가 남에게 주어실 것입니다.

Therefore give now, that the season of giving may be yours and
  not your inheritors'.

You often say, "I would give, but only to the deserving."
The trees in your orchard say not so, nor the flocks in your
  pasture.
They give that they may live, for to withhold is to perish.
Surely he who is worthy to receive his days and his nights, is
  worthy of all else from you.
And he who has deserved to drink from the ocean of life
  deserves to fill his cup from your little stream.
And what desert greater shall there be, than that which lies in
  the courage and the confidence, nay the charity, of
  receiving?
And who are you that men should rend their bosom and unveil
  their pride, that you may see their worth naked and their
  pride unabashed?
See first that you yourself deserve to be a giver, and an
  instrument of giving.
For in truth it is life that gives unto life — while you, who
  deem yourself a giver, are but a witness.

그러니 지금 주세요. 베풂의 계절이 당신의 상속인이 아니라
　　당신의 것이 되게 하세요.

당신은 종종 말합니다. "난 줄 거예요. 하지만 오직 자격
　　있는 사람에게만 줄 겁니다."
당신의 과수원에 있는 나무들도, 당신의 목장에 있는
　　가축들도 그렇게 말하진 않습니다.
그들은 살기 위해 줍니다. 주지 않음은 곧 소멸을 의미하므로.
낮과 밤을 부여받을 자격이 있는 사람이라면 분명
　　당신으로부터 다른 모든 것 또한 받을 자격이 있습니다.
생명의 대양(大洋)을 떠 마실 자격이 있는 사람이라면 당신의
　　작은 시냇물로 자신의 잔을 채울 자격이 있습니다.
사실 용기와 신뢰로 받아 주는 것, 아니 관대함으로 받아
　　주는 것보다 더 큰 자격이 어디 있겠어요?
그런데 당신이 대체 누구이기에 인간들이 스스로의 가슴을
　　찢어 자존심을 드러내야만 하고, 그들의 가치가
　　발가벗겨져도 그들의 자존심이 굳건할지를 봐야만
　　하겠다는 겁니까?
먼저 당신 자신이 주는 자로서의 자격이 있는지, 베풂의
　　수단이 될 수 있는지를 보세요.
사실은 삶이 삶에게 주는 것이고, 스스로를 주는 자라
　　여기는 당신은 사실 목격자에 불과하니까요.

45

And you receivers — and you are all receivers — assume no
   weight of gratitude, lest you lay a yoke upon yourself and
   upon him who gives.
Rather rise together with the giver on his gifts as on wings;
For to be overmindful of your debt, is to doubt his generosity
   who has the free-hearted earth for mother, and God for
   father.

그리고 당신들 받는 자들이여, 사실 당신들은 모두 받는
　　자들입니다만, 감사의 마음은 추호도 갖지 마세요.
　　그러지 않으면 당신 자신과 주는 이 모두에게 멍에를
　　씌우게 될 테니.
그보다는 주는 자의 선물을 날개 삼아 그와 함께 날아오르세요.
당신이 진 빚을 지나치게 의식하는 것은 넉넉한 대지를
　　어머니로, '신'을 아버지로 둔 그의 관대함을 의심하는
　　것이 될 테니.

ON EATING AND DRINKING

Then an old man, a keeper of an inn, said, "Speak to us of
   Eating and Drinking."

And he said:

Would that you could live on the fragrance of the earth, and
   like an air plant be sustained by the light.

But since you must kill to eat, and rob the newly born of its
   mother's milk to quench your thirst, let it then be an act of
   worship.

And let your board stand an altar on which the pure and the
   innocent of forest and plain are sacrificed for that which is
   purer and still more innocent in man.

When you kill a beast say to him in your heart,

"By the same power that slays you, I to am slain; and I too shall
   be consumed.

For the law that delivered you into my hand shall deliver me
   into a mightier hand.

Your blood and my blood is naught but the sap that feeds the
   tree of heaven."

And when you crush an apple with your teeth, say to it in your
   heart,

먹고 마시는 것에 대하여

그때 여관을 운영하는 한 노인이 말했다. "우리에게 '먹고
    마시는 것'에 대해 말씀해 주세요."
그러자 알무스타파가 말하길,
당신이 대지의 향기만으로 살아갈 수 있다면, 그리고
    기생식물처럼 햇빛만으로 자라날 수 있다면 좋으련만.
하지만 먹기 위해 죽여야만 하고, 목마름을 달래기 위해 갓
    태어난 것을 어미젖에서 떼어 놓아야만 하는 거라면,
    차라리 그것을 예배의 행위로 삼으세요.
그리고 당신의 식탁을 제단으로 삼아 그 위에서 숲과
    평원의 순수함과 순결함이 인간 내면의 더욱더
    순수하고 순결한 것을 위해 바쳐지게 하세요.

짐승을 죽일 때는 마음속으로 이렇게 말하세요.
"너를 도살하는 바로 그 힘에 의해 나는 살해당할 것이고,
    또한 먹힐 거야.
너를 내 손에 넘겨준 바로 그 법칙이 나를 더 강한 손아귀에
    넘겨줄 것이므로.
너의 피와 나의 피는 단지 천국의 나무를 키워 내는 수액일
    뿐."

그리고 사과를 한 입 베어 먹을 때는 마음속으로 이렇게
    말하세요.

"Your seeds shall live in my body,
And the buds of your tomorrow shall blossom in my heart,
And your fragrance shall be my breath,
And together we shall rejoice through all the seasons."

And in the autumn, when you gather the grapes of your
    vineyards for the winepress, say in you heart,
"I too am a vineyard, and my fruit shall be gathered for the
    winepress,
And like new wine I shall be kept in eternal vessels."
And in winter, when you draw the wine, let there be in your
    heart a song for each cup;
And let there be in the song a remembrance for the autumn
    days, and for the vineyard, and for the winepress.

"너의 씨앗은 내 몸속에서 살아갈 것이고,
너의 내일의 싹은 내 마음속에서 꽃피울 거야.
그리고 너의 향기가 나의 숨결이 되어,
우리는 사계절 내내 함께 기뻐할 거야."

그리고 가을이 되어 포도원에서 포도즙을 짜낼 포도를
　　수확할 때는 마음속으로 이렇게 말하세요.
"나 또한 포도원이며, 나의 열매는 포도즙을 짜기 위해
　　수확될 거야.
그리고 마치 새 포도주와도 같이 나는 영원한 통 속에 담길
　　거야."
그리하여 겨울이 되어 당신이 그 포도주를 따를 때, 따르는
　　한 잔 한 잔마다 마음속에 노래가 함께하게 하세요.
그리고 그 노래마다 지난 가을날들과 포도원, 그리고
　　포도즙 짜는 틀을 위한 기억이 함께하게 하세요.

ON WORK

Then a ploughman said, "Speak to us of Work."

And he answered, saying:

You work that you may keep pace with the earth and the soul of the earth.

For to be idle is to become a stranger unto the seasons, and to step out of life's procession, that marches in majesty and proud submission towards the infinite.

When you work you are a flute through whose heart the whispering of the hours turns to music.

Which of you would be a reed, dumb and silent, when all else sings together in unison?

Always you have been told that work is a curse and labour a misfortune.

But I say to you that when you work you fulfil a part of earth's furthest dream, assigned to you when that dream was born,

And in keeping yourself with labour you are in truth loving life,

And to love life through labour is to be intimate with life's inmost secret.

일에 대하여

그때 한 농부가 말했다. "우리에게 '일'에 대해 말씀해
　주세요."
그러자 알무스타파가 대답하며 말하길,
당신이 일하는 것은 대지, 그리고 대지의 영혼과 나란히
　걸어가기 위함입니다.
게으름을 피운다는 건 계절을 모른 체하는 것이며,
　당당하고도 자랑스러운 복종심으로 무한을 향해
　행진하는 삶의 행렬에서 이탈하는 것이기에.

당신이 일할 때 당신은 하나의 피리, 그 마음을 흘러가는
　시간의 속삭임은 음악이 되어 울려 퍼집니다.
다들 한목소리로 노래 부를 때, 당신들 중 그 누가 벙어리로
　침묵하는 갈대가 되려 하겠습니까?

당신은 늘 일은 저주이며, 노동은 불행이라는 말을 들어
　왔습니다.
하지만 내가 말씀드리건대, 일할 때 당신은 대지가 꾸어 온
　가장 깊은 꿈의 일부를 실현하는 것입니다. 그건 그
　꿈이 탄생한 순간부터 당신 몫으로 정해져 있었던 것.
노동하고 있을 때, 당신은 실은 삶을 사랑하는 중이에요.
그리고 노동을 통해 삶을 사랑하는 것은 삶의 가장 내밀한
　비밀에 다가서는 일이기도 하죠.

But if you in your pain call birth an affliction and the support of the flesh a curse written upon your brow, then I answer that naught but the sweat of your brow shall wash away that which is written.

You have been told also life is darkness, and in your weariness you echo what was said by the weary.

And I say that life is indeed darkness save when there is urge,

And all urge is blind save when there is knowledge,

And all knowledge is vain save when there is work,

And all work is empty save when there is love;

And when you work with love you bind yourself to yourself, and to one another, and to God.

And what is it to work with love?

It is to weave the cloth with threads drawn from your heart, even as if your beloved were to wear that cloth.

It is to build a house with affection, even as if your beloved were to dwell in that house.

하지만 당신이 괴로움에 허덕이며 탄생을 고통이라 부르고
    육신을 지탱하는 일을 당신의 이마에 새겨진 저주라
    한다면 나는 이렇게 대답할 것입니다. 오직 당신 이마에
    흐르는 땀만이 거기 새겨진 저주를 씻겨 줄 거라고.

당신은 또한 삶은 어둠이라는 말을 들어 왔으며, 피로에
    지친 당신은 피로에 지친 이들이 했던 말을 그대로
    되풀이합니다.
나 또한 말해요. 삶은 진정 어둠인데, 열망이 없을 때만
    그러하다고.
그리고 모든 열망은 앎이 없다면 눈먼 것이라고.
모든 앎은 일 없이는 헛된 것이며,
또한 모든 일은 사랑 없이는 공허할 뿐이라고.
그러니 사랑으로 일할 때야말로 당신은 자신과 하나 되며,
    또한 타인과, 종국에는 '신'과 하나 되는 것입니다.

사랑으로 일한다는 건 무엇인가요?
그것은 당신의 마음에서 자아낸 실로 옷을 짜는 일입니다.
    마치 당신의 연인이 그걸 입기라도 할 것처럼.
그것은 애정으로 집을 짓는 일입니다. 마치 당신의 연인이
    거기 살기라도 할 것처럼.
그것은 다정함으로 씨를 뿌리고 기쁨으로 그 수확물을

It is to sow seeds with tenderness and reap the harvest with joy,
even as if your beloved were to eat the fruit.
It is to charge all things you fashion with a breath of your own
spirit,
And to know that all the blessed dead are standing about you
and watching.

Often have I heard you say, as if speaking in sleep, "He who
works in marble, and finds the shape of his own soul in the
stone, is nobler than he who ploughs the soil.
And he who seizes the rainbow to lay it on a cloth in the
likeness of man, is more than he who makes the sandals for
our feet."
But I say, not in sleep but in the over-wakefulness of noontide,
that the wind speaks not more sweetly to the giant oaks than
to the least of all the blades of grass;
And he alone is great who turns the voice of the wind into a
song made sweeter by his own loving.

Work is love made visible.
And if you cannot work with love but only with distaste, it is
better that you should leave your work and sit at the gate of

거두어들이는 일입니다. 마치 당신의 연인이 그 열매를
먹기라도 할 것처럼.
그것은 당신이 빚어내는 모든 것들에 당신 자신의 영혼의
숨결을 불어넣는 일입니다.
그리하여 모든 축복받은 선조들이 당신들 사이에 서서
지켜보고 있음을 알게 되는 일.

나는 때때로 당신들이 마치 잠결에 그러듯 말하는 걸
들었습니다. "대리석 작업을 하는 석공, 돌 속에서 자기
영혼의 형상을 발견해 내는 이는 땅을 일구는 사람보다
고귀하도다.
또한 무지개를 붙잡아 그것을 옷 위에 인간의 형상으로
수놓는 이는 우리가 발에 신을 샌들을 만드는 사람보다
위대하도다."
하지만 잠결이 아니라 한낮의 환한 깨어 있음 속에서
말하건대, 바람은 그것이 거대한 오크 나무라 해서
하찮은 풀잎들에게 하는 것보다 더 다정히 속삭이진
않습니다.
그러니 자신의 사랑으로 바람의 목소리를 더욱 감미로운
노래로 바꾸어 놓는 자만이 저 홀로 위대한 법.

일이란 눈에 보이는 사랑이에요.

the temple and take alms of those who work with joy.

For if you bake bread with indifference, you bake a bitter bread that feeds but half man's hunger.

And if you grudge the crushing of the grapes, your grudge distils a poison in the wine.

And if you sing though as angels, and love not the singing, you muffle man's ears to the voices of the day and the voices of the night.

만일 당신이 사랑이 아니라 지독한 불만 속에서 일할
수밖에 없다면, 차라리 그 일을 때려치우고 사원의 문
앞에 앉아 기쁜 마음으로 일하는 자들에게 구걸이나
하는 편이 나을 겁니다.
만일 당신이 냉담한 마음으로 빵을 굽는다면, 당신은
인간의 허기를 반밖에 달래 주지 못할 맛없는 빵을
굽고 말 테니까요.
만일 당신이 마지못해 포도를 짓이기는 일을 한다면, 그것은
독이 되어 포도주에 스밀 겁니다.
그리고 만일 당신이 천사처럼 노래하면서도 노래하는 일을
사랑하지 않는다면, 당신은 사람들의 두 귀를 모두
틀어막아 그들이 낮의 목소리와 밤의 목소리에 귀
기울일 수 없도록 만들어 버릴 거예요.

ON JOY AND SORROW

Then a woman said, "Speak to us of Joy and Sorrow."

And he answered:

Your joy is your sorrow unmasked.

And the selfsame well from which your laughter rises was oftentimes filled with your tears.

And how else can it be?

The deeper that sorrow carves into your being, the more joy you can contain.

Is not the cup that holds your wine the very cup that was burned in the potter's oven?

And is not the lute that soothes your spirit the very wood that was hollowed with knives?

When you are joyous, look deep into your heart and you shall find it is only that which has given you sorrow that is giving you joy.

When you are sorrowful look again in your heart, and you shall see that in truth you are weeping for that which has been your delight.

Some of you say, "Joy is greater than sorrow," and others say, "Nay, sorrow is the greater."

기쁨과 슬픔에 대하여

그때 한 여인이 말했다. "우리에게 '기쁨과 슬픔'에 대해
　　말씀해 주세요."
그러자 알무스타파는 대답하길,
당신의 기쁨은 당신의 슬픔이 가면을 벗은 모습에 불과한 것.
당신의 웃음이 솟아나는 그 우물은 종종 당신의 눈물로
　　가득 차 있던 우물이기도 했습니다.
어찌 아닐 수 있겠어요?
슬픔이 당신의 존재 속으로 깊이 파고들면 파고들수록
　　당신은 더 많은 기쁨을 담을 수 있게 됩니다.
당신의 포도주를 담은 그 잔은 도공의 가마 속에서 구워진
　　바로 그 잔이 아니던가요?
당신의 영혼을 달래 주는 그 류트는 칼에 속이 후벼 파인
　　바로 그 나무가 아니던가요?
기쁜 마음이 들 때면, 마음속 깊은 곳을 들여다보세요.
　　그러면 알게 될 테죠, 여태껏 당신에게 슬픔만을 안겨
　　주던 바로 그것 때문에 당신이 기뻐하고 있다는걸.
슬픈 마음이 들 때면, 다시 한번 마음속을 들여다보세요.
　　그러면 깨닫게 될 테죠, 여태껏 당신에게 환희를 안겨
　　주던 바로 그것 때문에 당신이 울고 있다는걸.

당신들 중 누군가는 말해요. "슬픔보다는 기쁨이 더 크지."
　　그리고 누군가는 말하죠. "아냐, 더 큰 건 슬픔이지."

But I say unto you, they are inseparable.

Together they come, and when one sits alone with you at your
board, remember that the other is asleep upon your bed.

Verily you are suspended like scales between your sorrow and
your joy.

Only when you are empty are you at standstill and balanced.

When the treasure-keeper lifts you to weigh his gold and his
silver, needs must your joy or your sorrow rise or fall.

하지만 당신께 말하건대, 그 둘은 따로 있는 게 아닙니다.
항상 함께 오죠. 그러니 기억하세요. 둘 중 한쪽이 당신과
　　함께 당신의 식탁에 홀로 앉아 있을 때, 나머지 한쪽은
　　당신 침대에서 잠들어 있을 뿐이라는걸.

참으로 당신은 슬픔과 기쁨 사이를 저울처럼 왔다 갔다
　　합니다.
멈춘 채 균형을 이루는 건 오로지 텅 비어 있을 때뿐.
보물을 지키는 이가 당신을 들어 올려 자신의 금과 은의
　　무게를 저울질할 때, 당신의 기쁨이나 슬픔 또한 함께
　　오르내릴 수밖에 없어요.

ON HOUSE

Then a mason came forth and said, "Speak to us of Houses."

And he answered and said:

Build of your imaginings a bower in the wilderness ere you
build a house within the city walls.

For even as you have home-comings in your twilight, so has the
wanderer in you, the ever distant and alone.

Your house is your larger body.

It grows in the sun and sleeps in the stillness of the night; and
it is not dreamless.

Does not your house dream? and dreaming, leave the city for
grove or hilltop?

Would that I could gather your houses into my hand, and like
a sower scatter them in forest and meadow.

Would the valleys were your streets, and the green paths your
alleys, that you might seek one another through vineyards,
and come with the fragrance of the earth in your garments.

But these things are not yet to be.

In their fear your forefathers gathered you too near together.

And that fear shall endure a little longer. A little longer shall

집에 대하여

그때 한 석공이 나서서 말했다. "우리에게 '집'에 대해
　　말씀해 주세요."
그러자 알무스타파가 대답하며 말하길,
성벽 안에 집을 짓기 전에 우선 당신의 상상 속 황야에
　　암자를 하나 지으세요.
황혼이면 당신이 집으로 돌아가듯, 영영 멀리 있고 혼자인
　　당신 안의 방랑자 또한 그러할 테니까요.
당신의 집은 당신의 더 큰 몸.
그건 태양 아래 자라나고 밤의 고요 속에 잠들어요. 물론
　　꿈꾸면서.
당신의 집은 꿈을 꾸지 않나요? 꿈속에서 작은 숲이나 언덕
　　꼭대기로 가기 위해 도시를 떠나지 않나요?

내가 당신들의 집을 손안에 거둔 다음, 그것들을 씨 뿌리는
　　사람처럼 숲과 초원에 뿌려 줄 수만 있다면.
계곡이 당신의 거리가 되고, 짙푸른 산책 길은 당신의
　　골목이 되어, 당신들이 서로 만나기 위해 포도원을
　　지나다니며 옷에 대지의 향기를 품은 채 돌아올 수만
　　있다면.
그러나 아직은 때가 아닙니다.
두려움 많은 당신의 선조들은 당신들을 너무 가까이 모아
　　뒀어요. 그리고 그 두려움은 얼마간 더 지속될 대죠.

your city walls separate your hearths from your fields.

And tell me, people of Orphalese, what have you in these
houses? And what is it you guard with fastened doors?
Have you peace, the quiet urge that reveals your power?
Have you remembrances, the glimmering arches that span the
summits of the mind?
Have you beauty, that leads the heart from things fashioned of
wood and stone to the holy mountain?
Tell me, have you these in your houses?
Or have you only comfort, and the lust for comfort, that
stealthy thing that enters the house a guest, and then
becomes a host, and then a master?

Ay, and it becomes a tamer, and with hook and scourge makes
puppets of your larger desires.
Though its hands are silken, its heart is of iron.
It lulls you to sleep only to stand by your bed and jeer at the
dignity of the flesh.

그동안은 당신의 성벽이 당신의 가정과 당신의 들판을
    따로 떼어 놓을 거예요.

그러니 말해 보세요, 오르팔리스 사람들이여, 당신들은 집에
    무엇을 두었습니까? 당신들이 문을 꼭 걸어 잠그고
    지키는 건 대체 무엇인가요?
그곳에 평화가 있나요? 당신의 힘을 드러내 줄 고요한 열망이?
그곳에 추억이 있나요? 마음의 봉우리들 사이를 이어 줄
    희미하게 빛나는 아치가?
그곳에 아름다움이 있나요? 나무와 돌로 지어진 것으로부터
    마음을 성스러운 산으로 이끌어 줄 어떤 아름다움이?
말해 보세요, 당신들의 집에 이런 것들이 있습니까?
아니면 그곳엔 오직 안식과 안식을 위한 욕망, 손님으로
    집에 찾아와 주인 행세를 하다가는 정말로 주인이 되어
    버리는 그런 음흉한 것밖에 없는 건 아닌지?

아아, 그리고 그것은 조련사가 되어, 갈고리와 채찍으로
    당신을 더 큰 욕망의 꼭두각시로 부리죠.
비록 그 손은 비단결 같다지만 속마음은 강철.
그것이 자장가를 불러 주며 당신을 재워 주는 건 오직 당신
    침대 옆에 서서 육신의 고결함을 야유하기 위함일 뿐.
그것은 당신의 선강한 감각을 조롱하며 그깃들을 깨지기

It makes mock of your sound senses, and lays them in
thistledown like fragile vessels.
Verily the lust for comfort murders the passion of the soul, and
then walks grinning in the funeral.

But you, children of space, you restless in rest, you shall not be
trapped nor tamed.
Your house shall be not an anchor but a mast.
It shall not be a glistening film that covers a wound, but an
eyelid that guards the eye.
You shall not fold your wings that you may pass through doors,
nor bend your heads that they strike not against a ceiling,
nor fear to breathe lest walls should crack and fall down.
You shall not dwell in tombs made by the dead for the living.
And though of magnificence and splendour, your house shall
not hold your secret nor shelter your longing.
For that which is boundless in you abides in the mansion of the
sky, whose door is the morning mist, and whose windows
are the songs and the silences of night.

쉬운 그릇처럼 엉겅퀴 가시 속에 내려놓아요.
실로 안식을 위한 욕망은 영혼 안의 열정을 죽여 버리죠.
그러고선 장례식장을 히죽이며 걸어 다녀요.

하지만 당신들, 허공의 아이들이며 잠 속에서도 잠들지 않는
　　당신들은 덫에 걸리거나 길들여지지 않을 것입니다.
당신의 집은 닻이 아닌 돛대가 될 거예요.
그건 상처를 덮는 반짝이는 막이 아니라 눈을 지켜 주는
　　눈꺼풀이 될 테죠.
당신은 문을 지나가기 위해 날개를 접지 않을 겁니다.
　　천장에 머리를 부딪히지 않기 위해 고개 숙이지도 않을
　　것이요, 벽이 갈라지고 무너질까 봐 숨 쉬는 일조차
　　두려워하진 않을 거예요.
당신은 죽은 자가 산 자를 위해 만든 무덤 속에서 살진 않을
　　겁니다.
그리고 그 장엄함과 화려함에도 불구하고, 당신의 집은
　　당신의 비밀을 지켜 주지도, 당신의 열망을 보호해
　　주지도 못할 거예요.
당신 안의 무한은 아침 안개를 문으로 달고 밤의 노래와
　　침묵을 창으로 단 하늘의 대저택에 거하고 있기에.

ON CLOTHES

And the weaver said, "Speak to us of Clothes."

And he answered:

Your clothes conceal much of your beauty, yet they hide not the unbeautiful.

And though you seek in garments the freedom of privacy you may find in them a harness and a chain.

Would that you could meet the sun and the wind with more of your skin and less of your raiment,

For the breath of life is in the sunlight and the hand of life is in the wind.

Some of you say, "It is the north wind who has woven the clothes to wear."

And I say, Ay, it was the north wind,

But shame was his loom, and the softening of the sinews was his thread.

And when his work was done he laughed in the forest.

Forget not that modesty is for a shield against the eye of the unclean.

And when the unclean shall be no more, what were modesty but a fetter and a fouling of the mind?

옷에 대하여

그리고 직공이 말했다. "우리에게 '옷'에 대해 말씀해 주세요."
알무스타파가 대답하길,
당신의 옷은 당신 아름다움의 대부분을 가려 버립니다.
　　그렇다고 추함까지 숨겨 주는 건 또 아니죠.
당신은 옷차림에서 사적인 자유를 구하려 하지만, 그건
　　오히려 당신에게 마구와 굴레가 될 뿐임을 알게 될
　　거예요.
바라건대 당신의 의복이 아닌 당신의 피부가 더 많은 태양과
　　바람을 만나게 될 수만 있다면.
삶의 숨결은 햇빛 속에 있고, 삶의 손길은 바람 속에
　　있으니까요.

당신들 중 누군가는 말할 거예요. "우리가 입을 옷을 짜 준
　　건 바로 북풍이야."
저도 말하죠, 아아, 그건 북풍이었다고.
하지만 그는 수치심을 베틀로 삼았으며 연약해진 힘줄을
　　자신의 실로 삼았어요.
그리하여 일이 다 끝났을 때 그는 숲속에서 웃음 지었죠.
정숙함이야말로 음흉한 자의 눈에 맞서는 방패라는 걸 잊지
　　마세요.
하지만 음흉한 자가 더는 존재하지 않을 때의 정숙함이란,
　　마음의 족쇄나 오욕(汚辱)이 아니면 대체 무엇이겠어요?

And forget not that the earth delights to feel your bare feet and
the winds long to play with your hair.

그러니 잊지 마세요, 대지는 당신의 맨발이 닿는 걸
좋아한다는 걸. 그리고 바람은 당신의 머리카락과 놀고
싶어 한다는 걸.

ON BUYING AND SELLING

And a merchant said, "Speak to us of Buying and Selling."

And he answered and said:

To you the earth yields her fruit, and you shall not want if you but know how to fill your hands.

It is in exchanging the gifts of the earth that you shall find abundance and be satisfied.

Yet unless the exchange be in love and kindly justice, it will but lead some to greed and others to hunger.

When in the market place you toilers of the sea and fields and vineyards meet the weavers and the potters and the gatherers of spices, —

Invoke then the master spirit of the earth, to come into your midst and sanctify the scales and the reckoning that weighs value against value.

And suffer not the barren-handed to take part in your transactions, who would sell their words for your labour.

To such men you should say,

사고파는 것에 대하여

그리고 한 상인이 말했다. "우리에게 '사고파는 것'에 대해
　　말씀해 주세요."
알무스타파는 대답하며 말하길,
대지는 당신에게 그녀의 열매를 허락합니다. 그러니 두 손을
　　채우는 법만 안다면 당신은 부족함이 없을 거예요.
대지의 선물을 서로 교환할 때, 그제야 당신은 비로소
　　풍족함을 발견하고 만족감을 느끼죠.
그렇지만 그 교환이 사랑과 정의 속에서 자연스레
　　이루어지지 않는다면 그건 누군가를 탐욕으로, 또 다른
　　누군가를 굶주림으로 이끌 뿐이에요.

바다와 들판, 포도원의 노동자인 당신들이 시장에서 직공과
　　도공 들, 그리고 향신료 모으는 자들을 만나거든
대지의 절대 영혼이 당신들 가운데 임해 서로의 가치를
　　따지는 저울과 셈을 정화해 주길 기원하세요.

그리고 빈손으로 와 당신의 거래에 끼어드는 자들 때문에
　　고민하진 마세요. 그들은 자신들의 말로써 당신의
　　노동을 가로채려 할 뿐이니까요.
그런 자들에게 당신은 이렇게 말해야 합니다.

"Come with us to the field, or go with our brothers to the sea
and cast your net;

For the land and the sea shall be bountiful to you even as to
us."

And if there come the singers and the dancers and the flute
players, —— buy of their gifts also.

For they too are gatherers of fruit and frankincense, and that
which they bring, though fashioned of dreams, is raiment
and food for your soul.

And before you leave the marketplace, see that no one has gone
his way with empty hands.

For the master spirit of the earth shall not sleep peacefully
upon the wind till the needs of the least of you are satisfied.

"우리와 함께 들판으로 갑시다. 아니면 우리 형제들과 함께
　　바다로 가서 당신의 그물을 던지세요.
땅과 바다는 우리에게 그러하듯이 당신에게도 아낌없이
　　베풀 테니까요."

또한 만일 가수와 무용수와 피리 연주자 들이 오거든
　　그들의 재능도 사 주세요.
그들 또한 열매와 유향을 거두는 자들이니까요. 그리고
　　그들이 가져오는 게 비록 꿈으로 빚은 것이라고는
　　하지만, 그건 당신의 영혼을 위한 옷과 음식이 될 테니.

그리하여 시장을 떠나기 전에 한번 돌아보세요, 누구 하나
　　빈손으로 떠나지는 않았는지.
아무리 작은 필요라 할지라도 모두 채워지지 않는 한,
　　대지의 절대 영혼은 바람 속에서 평화로이 잠들지 못할
　　테니까요.

ON CRIME AND PUNISHMENT

Then one of the judges of the city stood forth and said, "Speak
    to us of Crime and Punishment."

And he answered, saying:

It is when your spirit goes wandering upon the wind,

That you, alone and unguarded, commit a wrong unto others
    and therefore unto yourself.

And for that wrong committed must you knock and wait a
    while unheeded at the gate of the blessed.

Like the ocean is your god-self;

It remains for ever undefiled.

And like the ether it lifts but the winged.

Even like the sun is your god-self;

It knows not the ways of the mole nor seeks it the holes of the
    serpent.

But your god-self dwells not alone in your being.

Much in you is still man, and much in you is not yet man,

But a shapeless pigmy that walks asleep in the mist searching
    for its own awakening.

죄와 벌에 대하여

그때 도시의 판사들 중 한 사람이 나서서 말했다. "우리에게
　　'죄와 벌'에 대해 말씀해 주세요."
알무스타파가 대답하며 말하길,
당신의 영혼이 바람 속을 헤맬 때면
당신은 홀로 무방비 상태에 놓여, 남들에게 잘못을 저지르게
　　되고 자연히 당신 자신에게도 그러하게 됩니다.
그렇게 저지른 잘못 때문에 당신은 천국의 문을 두드리고도
　　무시당한 채 한참을 기다려야만 하죠.

당신의 신적 자아는 대양과도 같아
영영 더럽혀지지 않습니다.
그것은 또한 창공과도 같아 날개 달린 것들만을 들어 올리죠.
당신의 신적 자아는 심지어 태양과도 같아요.
그것은 두더지의 길을 알지 못하며 뱀 구멍을 찾지도
　　않습니다.
하지만 당신 존재 안에 신적 자아만 살고 있는 것은 아니죠.
당신 안의 대부분은 여전히 인간이지만 대부분은 아직
　　인간도 채 되지 못한 것,
다만 스스로 각성하기 위해 잠결에 안개 속을 돌아다니는
　　꼴사나운 난쟁이일 뿐.

And of the man in you would I now speak.

For it is he and not your god-self nor the pigmy in the mist, that knows crime and the punishment of crime.

Oftentimes have I heard you speak of one who commits a wrong as though he were not one of you, but a stranger unto you and an intruder upon your world.

But I say that even as the holy and the righteous cannot rise beyond the highest which is in each one of you,

So the wicked and the weak cannot fall lower than the lowest which is in you also.

And as a single leaf turns not yellow but with the silent knowledge of the whole tree,

So the wrong-doer cannot do wrong without the hidden will of you all.

Like a procession you walk together towards your god-self.

You are the way and the wayfarers.

그러나 내가 이제 말씀드릴 것은 당신 안의 인간에 대한
　　것이에요.
죄와 죄에 대한 벌을 아는 건 당신의 신적 자아도 안개 속
　　난쟁이도 아닌, 바로 그니까요.

나는 때로 들었답니다. 당신이 잘못을 저지른 사람에 대해
　　말하며 마치 그가 당신과는 전혀 다른 사람이라도 되는
　　양, 당신에게 이방인이요, 당신 세상의 침입자라도 되는
　　양 말하는 것을.
하지만 내가 말씀드리거니와, 심지어 성자와 정의로운
　　자라 해도 당신 모두의 내면에 거하는 지고의 존재를
　　넘어서진 못합니다.
마찬가지로 악한 자와 약한 자라 해서 당신 안에 거하는
　　가장 저열한 존재보다 더 낮은 곳으로 떨어지진 못하죠.
그리고 나무 전체의 묵인 없이는 나뭇잎 하나조차 노랗게
　　물들지 못해요.
마찬가지로 잘못을 행하는 이 또한 당신 모두의 은밀한
　　의지 없이는 잘못을 저지르지 못하죠.
마치 하나의 행렬인 양, 당신들은 자신의 신적 자아를 향해
　　함께 걸어갑니다.
당신은 길이요, 그 길 위의 도보 순례자.

And when one of you falls down he falls for those behind him,
    a caution against the stumbling stone.
Ay, and he falls for those ahead of him, who though faster and
    surer of foot, yet removed not the stumbling stone.

And this also, though the word lie heavy upon your hearts:
The murdered is not unaccountable for his own murder,
And the robbed is not blameless in being robbed.
The righteous is not innocent of the deeds of the wicked,
And the white-handed is not clean in the doings of the felon.
Yea, the guilty is oftentimes the victim of the injured,
And still more often the condemned is the burden bearer for
    the guiltless and unblamed.
You cannot separate the just from the unjust and the good
    from the wicked;

그리하여 당신 중 하나가 넘어질 때 그는 당신을 뒤따르는
　　자를 위해 넘어집니다. 어디까지나 돌부리에 대한
　　하나의 경고로써.
아아, 또한 그는 앞서 나간 자들을 위해 넘어지는 것이기도
　　합니다. 비록 빠른 발걸음으로 확신을 갖고 걷는다고는
　　하지만 그들이 돌부리를 제거하진 않았으므로.

그리고 비록 당신 마음에 무거운 짐을 지울지언정, 이 말씀
　　역시 드려야겠군요.
살해당한 자라고 해서 그 살해에 대한 책임이 아주
　　없다고는 할 수 없습니다.
그리고 도둑질당한 자는 그 도둑질에 대한 비난으로부터
　　자유로울 수 없죠.
정의로운 자라고 해서 사악한 자가 저지른 일에 대해 결백한
　　건 아닙니다.
그리고 손이 깨끗한 자라고 해서 중죄인이 저지른 짓에 대해
　　무고한 것만도 아니죠.
참으로 그렇습니다. 때로는 죄인이 상처 입은 자로부터
　　피해를 입은 자가 되기도 하는 법.
형을 선고받은 자가 무고한 자와 결백한 자를 위해 짐을
　　짊어진 자들인 경우는 그보다 훨씬 흔하죠.
정의로운 자와 부정한 자, 선한 자와 사악한 자를 가르는 건

For they stand together before the face of the sun even as the
black thread and the white are woven together.

And when the black thread breaks, the weaver shall look into
the whole cloth, and he shall examine the loom also.

If any of you would bring to judgment the unfaithful wife,

Let him also weigh the heart of her husband in scales, and
measure his soul with measurements.

And let him who would lash the offender look unto the spirit
of the offended.

And if any of you would punish in the name of righteousness
and lay the ax unto the evil tree, let him see to its roots;

And verily he will find the roots of the good and the bad, the
fruitful and the fruitless, all entwined together in the silent
heart of the earth.

And you judges who would be just,

What judgment pronounce you upon him who though honest
in the flesh yet is a thief in spirit?

What penalty lay you upon him who slays in the flesh yet is
himself slain in the spirit?

불가능해요.
검은 실과 흰 실조차도 함께 짜여 있듯이 그들은 태양의
　　면전에 함께 서 있으니까요.
그러니 검은 실이 끊어지면 직공은 옷감 전체를 다
　　훑어보고 베틀 또한 살펴볼 것입니다.

가령 당신들 중 누군가가 부정한 부인을 심판하려 들거든,
그로 하여금 그녀 남편의 심장 또한 저울에 달아 보고 그
　　영혼의 깊이도 측정해 보게 하세요.
그리고 범죄자를 채찍질하는 자가 있다면 그에게 피해자의
　　영혼 또한 들여다보게 하세요.
또한 당신들 중 누군가가 정의의 이름으로 벌하려 들거나
　　사악한 나무에 도끼질을 해 대려 한다면 그로 하여금
　　그 나무의 뿌리까지 보게 하세요.
그러면 실로 그는 선과 악, 풍요로움과 척박함의 뿌리들이
　　대지의 고요한 심장 속에 한데 뒤엉켜 있음을 알게 될
　　것입니다.
그러니 정의롭고자 하는 판사 여러분,
비록 몸은 정직하지만 정작 영혼은 도둑인 그에게 당신은
　　어떤 판결을 내리겠습니까?
몸으로 살인을 저질렀으나 정작 영혼은 살해당한 자에게
　　당신은 어떤 형벌을 내릴 선가요?

And how prosecute you him who in action is a deceiver and an oppressor,

Yet who also is aggrieved and outraged?

And how shall you punish those whose remorse is already greater than their misdeeds?

Is not remorse the justice which is administered by that very law which you would fain serve?

Yet you cannot lay remorse upon the innocent nor lift it from the heart of the guilty.

Unbidden shall it call in the night, that men may wake and gaze upon themselves.

And you who would understand justice, how shall you unless you look upon all deeds in the fullness of light?

Only then shall you know that the erect and the fallen are but one man standing in twilight between the night of his pigmy-self and the day of his god-self,

And that the corner-stone of the temple is not higher than the lowest stone in its foundation.

그리고 그 행동거지는 사기꾼에다 박해자이지만 정작
　　스스로는 부당한 대우와 학대를 당한 자이기도 한 그를
　　당신은 어떻게 기소할 겁니까?

또한 뉘우침이 이미 그들의 과오를 넘어선 자들을 당신은
　　어떻게 벌할 건가요?
당신이 기꺼이 따르는 바로 그 법에 의해 집행되는 정의란
　　바로 뉘우침이 아니던가요?
하지만 당신은 결백한 자를 억지로 뉘우치게 할 수도,
　　죄인의 마음에서 죄책감을 덜어 낼 수도 없습니다.
뉘우침은 한밤중에 불쑥 찾아올 테고, 그러면 인간들은
　　깨어나 스스로를 응시하게 될 테죠.
그리고 정의를 이해하고자 하는 당신, 당신은 환한 빛 속에서
　　모든 행위를 보지 못하고 무슨 수로 그리한다는 겁니까?
오직 그제야 당신은 알게 될 거예요. 기립한 자와 쓰러진
　　자는 실상 한 사람에 지나지 않으며, 그가 난쟁이로서의
　　자아인 밤과 신적 자아로서의 낮 사이의 황혼에 서
　　있다는 것을.
그리고 사원의 주춧돌은 그 바닥 가장 낮은 곳에 놓인
　　돌보다 결코 높지 않다는 것도.

ON LAWS

Then a lawyer said, "But what of our Laws, master?"

And he answered:

You delight in laying down laws,

Yet you delight more in breaking them.

Like children playing by the ocean who build sand-towers with
constancy and then destroy them with laughter.

But while you build your sand-towers the ocean brings more
sand to the shore,

And when you destroy them the ocean laughs with you.

Verily the ocean laughs always with the innocent.

But what of those to whom life is not an ocean, and man-made
laws are not sand-towers,

But to whom life is a rock, and the law a chisel with which they
would carve it in their own likeness?

What of the cripple who hates dancers?

What of the ox who loves his yoke and deems the elk and deer
of the forest stray and vagrant things?

What of the old serpent who cannot shed his skin, and calls all
others naked and shameless?

법에 대하여

그때 한 법률가가 말했다. "그렇다면 우리의 '법'은 뭐란
    말입니까, 스승이시여?"
알무스타파가 대답하길,
당신은 법을 만들면서 기쁨을 느끼지만
그것을 어기는 데서 더 큰 기쁨을 느끼죠.
바닷가에서 노는 아이들이 애써 모래성을 쌓고는 웃으면서
    그걸 허물어 버리듯이.
하지만 당신이 모래성을 쌓는 동안에도 대양은 더 많은
    모래들을 해변으로 몰고 옵니다.
그리고 당신이 그걸 허물어 버릴 때 대양도 당신과 함께 웃죠.
실로 대양은 천진한 자와 더불어 늘 웃음 짓습니다.

하지만 삶이 대양도 아니요, 인간이 만든 법이 모래성도
    아닌 자들은 어떻게 해야 하나요?
삶이란 바위에 불과하며, 법이란 그 바위를 자신들의
    형상으로 깎아 내는 끌에 불과한 자들은요?
무용수를 혐오하는 불구자는 어떻습니까?
자신의 멍에는 사랑하면서 숲속의 엘크와 사슴은 타락한
    부랑자로 취급하는 황소는 어떻고요?
자신의 허물은 벗지도 못하는 주제에 다른 모두를 벌거벗은
    파렴치한이라 부르는 늙은 뱀은 또 어떻습니까?

And of him who comes early to the wedding-feast, and when
over-fed and tired goes his way saying that all feasts are
violation and all feasters lawbreakers?

What shall I say of these save that they too stand in the
sunlight, but with their backs to the sun?
They see only their shadows, and their shadows are their laws.
And what is the sun to them but a caster of shadows?
And what is it to acknowledge the laws but to stoop down and
trace their shadows upon the earth?
But you who walk facing the sun, what images drawn on the
earth can hold you?
You who travel with the wind, what weathervane shall direct
your course?
What man's law shall bind you if you break your yoke but
upon no man's prison door?
What laws shall you fear if you dance but stumble against no
man's iron chains?

결혼식 피로연에 일찌감치 나타나 실컷 먹어 치우고는 지쳐
　　돌아가는 주제에 모든 피로연은 위법이며 모든 피로연
　　손님들은 범법자들이라고 말하는 자는 어떻고요?

그들 역시 햇빛 속에 서 있지만 정작 태양은 등지고 있다는
　　것 말고, 제가 이들에 대해 무슨 말을 하겠습니까?
그들은 오직 자신들의 그림자만을 봐요. 그리고 그
　　그림자야말로 그들의 법이죠.
그러니 그들에게 태양이란 무엇이겠습니까? 오직 그림자나
　　드리워 주는 존재일 뿐.
그리고 법을 인정한다는 것은 무엇이겠습니까? 몸을 웅크려
　　대지 위에 자신의 그림자나 새기는 일일 뿐.
하지만 그대 태양을 마주 보고 걷는 이여, 그런 당신을
　　대지에 그려진 그 어떤 이미지가 붙잡을 수 있겠어요?
그대 바람과 함께 여행하는 이여, 그 어떤 풍향계가 당신이
　　갈 방향을 가리킬 수 있겠어요?
누구의 감옥 문도 부수지 않으면서 자신의 멍에만을
　　벗어던지는데, 대체 그 어떤 인간의 법이 당신을 얽어맬
　　수 있단 말입니까?
누구의 쇠사슬에도 걸려 넘어지지 않으면서 춤을 추는데,
　　대체 그 어떤 법이 당신을 두렵게 하겠어요?

And who is he that shall bring you to judgment if you tear off
your garment yet leave it in no man's path?

People of Orphalese, you can muffle the drum, and you can
loosen the strings of the lyre, but who shall command the
skylark not to sing?

그리고 옷을 벗어던지긴 하지만 그 누구의 길에도 버려두지
　않는 당신을 재판할 자 그 누구일까요?

오르팔리스 사람들이여, 당신들은 북소리를 죽일 수도
　있고 리라의 현을 느슨하게 할 수도 있습니다. 하지만
　감히 누가 종달새에게 노래를 멈추라고 명령할 수 있단
　말입니까?

ON FREEDOM

And an orator said, "Speak to us of Freedom."

And he answered:

At the city gate and by your fireside I have seen you prostrate
yourself and worship your own freedom,

Even as slaves humble themselves before a tyrant and praise
him though he slays them.

Ay, in the grove of the temple and in the shadow of the citadel
I have seen the freest among you wear their freedom as a
yoke and a handcuff.

And my heart bled within me; for you can only be free when
even the desire of seeking freedom becomes a harness to
you, and when you cease to speak of freedom as a goal and a
fulfillment.

You shall be free indeed when your days are not without a care
nor your nights without a want and a grief,

But rather when these things girdle your life and yet you rise
above them naked and unbound.

자유에 대하여

그리고 한 연설가가 말했다. "우리에게 '자유'에 대해 말씀해
　　주세요."
알무스타파가 대답하길,
나는 당신이 성문이나 집안 난롯가에서 몸을 엎드린 채
　　자신의 자유를 찬양하는 것을 보았습니다.
심지어 폭군에게 살해당할지라도 그 앞에서 몸 둘 바를
　　모르며 그를 칭송하는 노예들처럼.
아아, 나는 보았습니다. 사원의 작은 숲이나 성채의 그늘
　　아래서 당신들 가운데 가장 자유롭다고 하는 자들이
　　그들의 자유를 무슨 멍에나 쇠고랑처럼 차고 있는 것을.
그리고 내 안의 마음은 피 흘렸죠. 자유를 구하려는
　　욕망마저 당신에게 씌워진 마구로만 느껴져 당신이
　　더는 자유를 목적이나 성취라고 부르지 않을 때,
　　그제야 당신은 비로소 자유로워질 수 있으니까요.

당신이 진정으로 자유로울 때는 근심 없는 낮을 보내거나
　　결핍과 슬픔 없는 밤을 보낼 때가 아닙니다.
그보다는 오히려 이런 것들에 에워싸이더라도 모두 훌훌
　　벗어던진 채 속박 없이 그것들을 넘어설 때죠.

And how shall you rise beyond your days and nights unless you
  break the chains which you at the dawn of your
  understanding have fastened around your noon hour?
In truth that which you call freedom is the strongest of these
  chains, though its links glitter in the sun and dazzle your
  eyes.

And what is it but fragments of your own self you would
  discard that you may become free?
If it is an unjust law you would abolish, that law was written
  with your own hand upon your own forehead.
You cannot erase it by burning your law books nor by washing
  the foreheads of your judges, though you pour the sea upon
  them.
And if it is a despot you would dethrone, see first that his
  throne erected within you is destroyed.
For how can a tyrant rule the free and the proud, but for a
  tyranny in their own freedom and a shame in their own
  pride?
And if it is a care you would cast off, that care has been chosen
  by you rather than imposed upon you.

그러니 당신이 어떻게 낮과 밤 너머로 나아갈 수
　　있겠습니까? 당신 스스로 정오에 매어 둔 사슬을
　　당신이 맞이한 깨달음의 여명에 끊어 버리지 않는다면.
당신이 실로 자유라 부르는 것은 이 사슬들 중에서도 가장
　　강력한 것, 비록 그 고리는 햇빛 속에 광채를 뿜어내며
　　당신의 눈을 어지럽히겠지만.

그리고 당신이 자유로워지기 위해 내버리려는 것, 그건 바로
　　당신 자신의 자아의 일부가 아니던가요?
설령 당신이 폐기하려는 것이 악법이라 할지라도, 그 법은
　　다름 아닌 당신 스스로가 당신 이마에 새겨 넣은 것.
당신의 법전을 태워 버린다고 해서, 당신의 판사들의 이마를
　　씻겨 준다고 해서 그걸 없앨 수 있는 건 아니에요. 설령
　　그 이마에 온 바다를 퍼붓는다 해도.
또한 당신이 쫓아내려는 것이 독재자라면, 우선 당신 안에
　　세워진 그의 왕좌가 무너졌는지부터 확인하세요.
자유 안에 조금의 억압도 존재하지 않는다면, 그리고 금지
　　안에 조금의 부끄러움도 존재하지 않는다면, 폭군이
　　자유로운 자와 금지로 가득한 자를 지배하는 일은
　　일어날 수 없을 테니까요.
그리고 당신이 던져 버리려는 것이 근심이라면, 그 근심은
　　당신에게 지워진 것이라기보다는 오히려 당신 스스로가

And if it is a fear you would dispel, the seat of that fear is in
   your heart and not in the hand of the feared.

Verily all things move within your being in constant half
   embrace, the desired and the dreaded, the repugnant and
   the cherished, the pursued and that which you would
   escape.
These things move within you as lights and shadows in pairs
   that cling.
And when the shadow fades and is no more, the light that
   lingers becomes a shadow to another light.
And thus your freedom when it loses its fetters becomes itself
   the fetter of a greater freedom.

선택한 것일 터.
또한 당신이 떨쳐 버리려는 것이 두려움이라면, 그
두려움은 바로 당신 마음속에 자리하는 것이지 당신이
두려워하는 자의 손아귀에 있는 것은 아닐 터.

당신이 욕망하는 것과 무서워하는 것, 혐오하는 것과
소중히 여기는 것, 추구하는 것과 그로부터 도망치려는
것, 실로 당신 존재 안의 모든 것들은 나머지 반쪽을
끊임없이 껴안은 채 나아갑니다.
빛과 그림자처럼, 이것들은 당신 안에 짝지어 매달린 채
나아갑니다.
그리하여 한 그림자가 사그라져 버리고 나면, 남아 있던
빛이 또 다른 빛의 그림자가 되지요.
이렇듯 당신의 자유가 족쇄에서 풀려날 때, 그건 더 큰
자유의 족쇄가 되어 버리고 말죠.

ON REASON AND PASSION

And the priestess spoke again and said: "Speak to us of Reason and Passion."

And he answered saying:

Your soul is oftentimes a battlefield, upon which your reason and your judgment wage war against passion and your appetite.

Would that I could be the peacemaker in your soul, that I might turn the discord and the rivalry of your elements into oneness and melody.

But how shall I, unless you yourselves be also the peacemakers, nay, the lovers of all your elements?

Your reason and your passion are the rudder and the sails of your seafaring soul.

If either your sails or your rudder be broken, you can but toss and drift, or else be held at a standstill in mid-seas.

For reason, ruling alone, is a force confining; and passion, unattended, is a flame that burns to its own destruction.

Therefore let your soul exalt your reason to the height of passion, that it may sing;

이성과 열정에 대하여

그러자 여사제가 다시 말했다. "우리에게 '이성과 열정'에
　　대해 말씀해 주세요."
알무스타파가 답하며 말하길,
당신의 영혼은 종종 싸움터가 됩니다. 거기서 당신의 이성과
　　판단력은 당신의 열정과 욕구에 대항하여 전쟁을
　　벌이죠.
내가 당신 영혼의 중재자가 될 수 있다면, 그래서 당신
　　안에서 불화하고 대립하는 것들이 하나 되어 노래하게
　　할 수 있다면 좋으련만.
하지만 내가 어찌 그럴 수 있겠어요? 당신 스스로가 또한
　　중재자가 되지 않는다면, 아니 오히려 당신이 당신 안의
　　모든 것들의 연인이 되지 않는다면.

당신의 이성과 열정은 그대 항해하는 영혼의 키이자 돛.
당신의 돛이나 키 중 하나만 부러져도 당신은 흔들리며
　　표류하는 신세가 될 거예요. 아니면 한가운데 멈춰 선
　　채 오도 가도 못하는 신세가 되고 말겠죠.
저 홀로 다스리는 이성이란 오직 억제하는 힘에 불과하며,
　　방치된 열정이란 오직 자멸에 이르기 위해 불타오르는
　　불꽃에 불과하니까요.
그러므로 당신의 영혼을 그대 이성의 높이까지 드높이세요.
　　그래서 영혼이 노래하게 하세요.

And let it direct your passion with reason, that your passion may live through its own daily resurrection, and like the phoenix rise above its own ashes.

I would have you consider your judgment and your appetite even as you would two loved guests in your house.
Surely you would not honour one guest above the other; for he who is more mindful of one loses the love and the faith of both.

Among the hills, when you sit in the cool shade of the white poplars, sharing the peace and serenity of distant fields and meadows — then let your heart say in silence, "God rests in reason."
And when the storm comes, and the mighty wind shakes the forest, and thunder and lightning proclaim the majesty of the sky, — then let your heart say in awe, "God moves in passion."
And since you are a breath in God's sphere, and a leaf in God's forest, you too should rest in reason and move in passion.

또한 이성으로 하여금 당신의 열정을 이끌게 해 열정이
　　매일매일 스스로 되살아나게 하세요. 자신의 재로부터
　　솟구쳐 오르는 불사조처럼.

나는 당신이 당신의 판단력과 욕구를 집으로 초대한 두
　　명의 귀한 손님처럼 여겼으면 좋겠습니다.
물론 당신이 어느 한 손님을 다른 손님보다 더 예우해선 안
　　될 거예요. 어느 한쪽만 신경 쓰다 보면 사랑과 신뢰 둘
　　모두를 잃고 말 테니까요.

저 언덕들 사이, 하얀 포플러 나무의 시원한 그늘 아래
　　앉아 저 먼 들판과 목초지의 평화와 평온을 느낄 때면,
　　당신의 마음으로 하여금 침묵 속에서 이렇게 말하게
　　하세요. "'신'께선 이성 속에 머무시는구나."
그리고 폭풍우가 휘몰아쳐 힘센 바람이 숲을 뒤흔들고 천둥
　　번개가 자신들이 하늘의 주인임을 선포할 때면, 당신의
　　마음으로 하여금 경외심 속에서 이렇게 말하게 하세요.
　　"'신'께선 열정 속에서 움직이시는구나."
그런데 당신은 '신'의 창공 속 한 줌 숨결이요, '신'의 숲속에
　　있는 하나의 잎사귀이니 당신 또한 이성 속에 머물고
　　열정 속에서 움직여야 합니다.

ON PAIN

And a woman spoke, saying, "Tell us of Pain."

And he said:

Your pain is the breaking of the shell that encloses your understanding.

Even as the stone of the fruit must break, that its heart may stand in the sun, so must you know pain.

And could you keep your heart in wonder at the daily miracles of your life, your pain would not seem less wondrous than your joy;

And you would accept the seasons of your heart, even as you have always accepted the seasons that pass over your fields.

And you would watch with serenity through the winters of your grief.

Much of your pain is self-chosen.

It is the bitter potion by which the physician within you heals your sick self.

Therefore trust the physician, and drink his remedy in silence and tranquillity:

For his hand, though heavy and hard, is guided by the tender hand of the Unseen,

고통에 대하여

그리고 한 여인이 말했다. "우리에게 '고통'에 대해 말씀해
　　주세요."
알무스타파가 말하길,
당신의 고통이란 당신의 깨달음을 둘러싼 껍질의 깨어짐.
열매의 씨앗조차 그 알맹이로 하여금 햇볕을 쬐게 하려면
　　반드시 부서져야 하는 것처럼, 당신 또한 고통을
　　알아야만 합니다.
그리고 삶에서 일어나는 매일매일의 기적에 경이로운
　　마음이 든다면, 당신의 고통 또한 당신의 기쁨만큼이나
　　경이로워 보일 테죠.
당신은 당신의 들판을 지나가는 계절들을 늘 받아들여
　　왔듯, 당신 마음의 계절들 또한 받아들일 겁니다.
그러면 당신은 당신 슬픔에 찾아드는 매해 겨울을 평온한
　　마음으로 바라보게 될 거예요.

당신 고통의 대부분은 스스로 자초한 것.
당신의 내면의 의사가 당신의 병든 자아를 치료하는 건
　　다름 아닌 쓰디쓴 물약을 통해서죠.
그러니 의사를 믿고 그가 주는 치료약을 말없이 침착하게
　　삼키세요.
비록 그의 손은 모질고 거칠지라도 그건 '보이지 않는 분'의
　　부드러운 손길에 인도되고 있으므로.

And the cup he brings, though it burn your lips, has been fashioned of the clay which the Potter has moistened with His own sacred tears.

그리고 그가 가져다주는 잔이 당신의 입술을 불태울지라도
그건 '도공'이 자신의 신성한 눈물로 적신 진흙으로
빚은 것이기에.

ON SELF-KNOWLEDGE

And a man said, "Speak to us of Self-Knowledge."

And he answered, saying:

Your hearts know in silence the secrets of the days and the
nights.

But your ears thirst for the sound of your heart's knowledge.

You would know in words that which you have always known
in thought.

You would touch with your fingers the naked body of your
dreams.

And it is well you should.

The hidden well-spring of your soul must needs rise and run
murmuring to the sea;

And the treasure of your infinite depths would be revealed to
your eyes.

But let there be no scales to weigh your unknown treasure;

And seek not the depths of your knowledge with staff or
sounding line.

For self is a sea boundless and measureless.

자신을 아는 것에 대하여

그리고 한 남자가 말했다. "우리에게 '자신을 아는 것'에
　　대해 말씀해 주세요."
알무스타파가 대답하며 말하길,
당신의 마음은 낮과 밤의 비밀을 알되 침묵을 지키죠.
하지만 당신의 귀는 당신의 마음이 아는 걸 간절히 듣고
　　싶어 해요.
당신은 늘 생각으로만 알아 왔던 걸 말로도 알려 하죠.
당신 꿈의 벌거벗은 몸을 손가락으로 더듬어 보고 싶어
　　해요.

당신이 그러는 건 좋은 일입니다.
당신 영혼의 숨겨진 수원(水源)은 굳이 솟아올라 속삭이듯
　　바다로 흘러가고자 해요.
그러면 무한한 깊이를 지닌 당신의 보물이 눈앞에 그 모습을
　　드러낼 테죠.
하지만 그 미지의 보물의 무게를 저울에 달아 보려 하진
　　마세요.
그리고 자나 줄로 당신 앎의 깊이를 재 보려고도 하지 마세요.
자아야말로 무한하고도 무량한 바다니까요.

Say not, "I have found the truth," but rather, "I have found a
truth."

Say not, "I have found the path of the soul." Say rather, "I have
met the soul walking upon my path."

For the soul walks upon all paths.

The soul walks not upon a line, neither does it grow like a reed.

The soul unfolds itself, like a lotus of countless petals.

"나 진실을 발견했노라."라고 말하기보다 "나 많은 진실들
    중 하나를 발견했노라."라고 하세요.
"나 영혼의 길을 발견했노라."라고 말하기보다 "나 나의 길
    위를 걸어가고 있는 영혼을 만났노라."라고 하세요.
영혼은 모든 길 위를 걸어가고 있으니까요.
영혼은 한 길로만 걸어가지도, 갈대처럼 위로만 뻗어가지도
    않습니다.
영혼은 저절로 피어나는 것. 마치 무수한 꽃잎 지닌 한 송이
    연꽃처럼.

ON TEACHING

Then said a teacher, "Speak to us of Teaching."

And he said:

No man can reveal to you aught but that which already lies half asleep in the dawning of your knowledge.

The teacher who walks in the shadow of the temple, among his followers, gives not of his wisdom but rather of his faith and his lovingness.

If he is indeed wise he does not bid you enter the house of his wisdom, but rather leads you to the threshold of your own mind.

The astronomer may speak to you of his understanding of space, but he cannot give you his understanding.

The musician may sing to you of the rhythm which is in all space, but cannot give you the ear which arrests the rhythm nor the voice that echoes it.

And he who is versed in the science of numbers can tell of the regions of weight and measure, but he cannot conduct you thither.

For the vision of one man lends not its wings to another man.

And even as each one of you stands alone in God's knowledge,

가르침에 대하여

그때 한 선생이 말했다. "우리에게 '가르침'에 대해 말씀해
　　주세요."
알무스타파가 말하길,
누군가 당신에게 보여 줄 수 있는 것이란, 당신의 앎이
　　깨어나려는 순간에도 이미 반쯤은 잠들어 있는 것들뿐.
사원의 그늘 속에서, 제자들에게 둘러싸인 채 걸어가는
　　선생은 자신의 지혜가 아닌 신념과 애정만을 전해 줄
　　수 있죠.
진정 현명한 자라면 당신에게 지혜의 집으로 들어가길
　　명하는 대신, 당신 스스로 마음의 문지방으로 향하도록
　　이끌 것입니다.
천문학자가 우주에 대한 자신의 이해를 당신에게 말해
　　줄 순 있겠죠. 하지만 자신의 이해력까지 전해 줄 순
　　없어요.
음악가가 모든 우주에 편재하는 리듬을 당신에게 노래해
　　줄 순 있겠죠. 하지만 리듬을 붙드는 귀나 그걸 울리게
　　하는 목소리까지 줄 순 없어요.
그리고 산수에 능한 자가 당신에게 도량형의 세계에 대해
　　알려 줄 순 있겠죠. 하지만 그 세계로 데려다줄 순
　　없어요.
한 인간의 통찰력이 자신의 날개를 남들에게 빌려 주진
　　않는 법.

so must each one of you be alone in his knowledge of God
and in his understanding of the earth.

그러니 당신들 모두가 '신'께서 보시기에 저마다 혼자이듯,
당신들도 '신'을 알고 대지를 아는 데 있어서 철저히
혼자여야만 합니다.

ON FRIENDSHIP

And a youth said, "Speak to us of Friendship."

And he answered, saying:

Your friend is your needs answered.

He is your field which you sow with love and reap with
thanksgiving.

And he is your board and your fireside.

For you come to him with your hunger, and you seek him for
peace.

When your friend speaks his mind you fear not the "nay" in
your own mind, nor do you withhold the "ay."

And when he is silent your heart ceases not to listen to his
heart;

For without words, in friendship, all thoughts, all desires, all
expectations are born and shared, with joy that is
unacclaimed.

When you part from your friend, you grieve not;

For that which you love most in him may be clearer in his
absence, as the mountain to the climber is clearer from the
plain.

And let there be no purpose in friendship save the deepening of
the spirit.

우정에 대하여

그리고 한 청년이 말했다. "우리에게 '우정'에 대해 말씀해
　　주세요."
알무스타파가 대답하며 말하길,
당신의 친구란 당신의 부족함을 채워 주는 자.
그는 바로 당신이 사랑으로 씨 뿌리고 감사드리는 마음으로
　　수확하는 당신의 들판입니다.
또한 그는 당신의 식탁이자 난롯가.
당신은 굶주릴 때 그에게로 가서 평화를 구하니까요.

당신의 친구가 속마음을 털어놓을 때, 마음속으로 "그건
　　아니지."라고 말하길 두려워 말고 "그래 맞아."라고
　　말하길 주저하지도 마세요.
그리고 그가 침묵하더라도 당신의 마음은 그의 마음에 귀
　　기울이길 멈춰선 안 됩니다.
우정 속에서는 말 한마디 없이도 모든 생각과 욕망, 기대
　　들을 조용한 기쁨과 더불어 탄생시키고 함께 나눌 수
　　있으니까요.
친구와 헤어지게 되더라도 당신은 슬퍼 마세요.
당신이 그를 왜 사랑하는지를 그의 부재 속에서 더 잘 알게
　　될 테니까요. 마치 등반가가 평원에 섰을 때 산을 더 잘
　　볼 수 있듯이.
그리고 우정에서 영혼의 고양 외에는 다른 어떤 목적도

For love that seeks aught but the disclosure of its own mystery
is not love but a net cast forth: and only the unprofitable is
caught.

And let your best be for your friend.
If he must know the ebb of your tide, let him know its flood
also.
For what is your friend that you should seek him with hours to
kill?
Seek him always with hours to live.
For it is his to fill your need, but not your emptiness.
And in the sweetness of friendship let there be laughter, and
sharing of pleasures.
For in the dew of little things the heart finds its morning and is
refreshed.

구하지 마세요.
자신의 신비를 드러내려는 것 외에 뭔가 다른 것을 구하는
　　사랑은 사랑이 아니요, 단지 던져진 그물일 뿐이니까요.
　　게다가 거기 잡히는 거라곤 쓰잘데기 없는 것들일 뿐.

친구에게 최선을 다하세요.
혹 그가 당신이 썰물일 때를 봐야만 하겠다면, 그에게
　　밀물일 때의 모습도 함께 보여 주세요.
오직 함께 시간이나 죽이는 친구가 무슨 의미가 있을까요?
늘 함께 살아 있는 시간을 느낄 친구를 찾으세요.
친구란 당신의 부족함을 채워 주는 사람이지 공허를 채워
　　주는 사람은 아니니까요.
그러니 다정한 우정 속에서 웃으며 기쁨을 나누세요.
아주 작은 이슬 속에서도 마음은 자신의 아침을 발견해
　　내곤 생기를 되찾으니까요.

ON TALKING

And then a scholar said, "Speak of Talking."

And he answered, saying:

You talk when you cease to be at peace with your thoughts;

And when you can no longer dwell in the solitude of your
heart you live in your lips, and sound is a diversion and a
pastime.

And in much of your talking, thinking is half murdered.

For thought is a bird of space, that in a cage of words many
indeed unfold its wings but cannot fly.

There are those among you who seek the talkative through fear
of being alone.

The silence of aloneness reveals to their eyes their naked selves
and they would escape.

And there are those who talk, and without knowledge or
forethought reveal a truth which they themselves do not
understand.

And there are those who have the truth within them, but they
tell it not in words.

In the bosom of such as these the spirit dwells in rhythmic
silence.

말하는 것에 대하여

그리고 그때 한 학자가 말했다. "'말하는 것'에 대해 말씀해
　　주세요."
알무스타파가 답하며 말하길,
마음이 평정을 잃을 때 당신은 말하기 시작하죠.
그리고 더는 마음의 고독 속에 머무르지 못할 때 당신은
　　입으로 옮겨 가요. 그때의 목소리란 기분 전환이나 시간
　　때우기에 불과한 것.
또한 말이 많아지면 생각은 거의 사라져 버리죠.
생각이란 하늘의 새와도 같아서, 말로 된 새장 속에서
　　날개는 펼칠지언정 날아다닐 순 없기에.

당신들 중에는 혼자가 되는 게 두려워 수다쟁이를 찾는
　　이들이 있습니다.
홀로 된 고독 속에선 자신들의 벌거벗은 자아가 눈앞에
　　그대로 드러나기에 그로부터 달아나려는 것이죠.
또한 당신들 중에는 딱히 잘 알지도 못하면서 무슨
　　말인지도 모르는 진리를 설파하려 드는 자들이 있어요.
반면 마음속에 진리를 품고 있지만 굳이 입 밖으로 내지
　　않는 이들도 있죠.
영혼은 이런 자들의 가슴속에서, 리드미컬한 침묵 속에
　　머뭅니다.

When you meet your friend on the roadside or in the market
place, let the spirit in you move your lips and direct your
tongue.

Let the voice within your voice speak to the ear of his ear;

For his soul will keep the truth of your heart as the taste of the
wine is remembered

When the colour is forgotten and the vessel is no more.

길거리나 시장에서 당신의 친구를 만나거든 당신의 영혼이
　　당신의 입술 움직이고 당신의 혀 굴리게 하세요.
당신 목소리 안의 목소리가 그의 귀 안의 귀에 말하게 하세요.
그러면 그의 영혼은 마치 포도주 맛을 기억하듯 당신
　　마음의 진실을 간직할 테니까요.
그 빛깔 잊히고 잔 또한 영영 사라진다 하여도.

ON TIME

And an astronomer said, "Master, what of Time?"

And he answered:

You would measure time the measureless and the
immeasurable.

You would adjust your conduct and even direct the course of
your spirit according to hours and seasons.

Of time you would make a stream upon whose bank you
would sit and watch its flowing.

Yet the timeless in you is aware of life's timelessness,

And knows that yesterday is but today's memory and tomorrow
is today's dream.

And that which sings and contemplates in you is still dwelling
within the bounds of that first moment which scattered the
stars into space.

Who among you does not feel that his power to love is
boundless?

And yet who does not feel that very love, though boundless,
encompassed within the centre of his being, and moving not

시간에 대하여

그리고 한 천문학자가 말했다. "스승이시여, '시간'은
　　무엇이죠?"
알무스타파가 대답하길,
당신은 무한해서 헤아릴 수조차 없는 시간을 헤아리려
　　합니다.
시간과 계절에 따라 당신의 행동을 조율하고 심지어 영혼의
　　갈 길까지 정하려 들죠.
당신은 시간을 흐르는 시냇물로 만들어 버린 다음 그 둑에
　　앉아 그것이 흘러가는 걸 지켜보려 합니다.

하지만 삶이란 시간을 초월한 것임을 당신 안의 영원은 알고
　　있습니다.
또한 어제란 다름 아닌 오늘의 기억이며, 내일은 오늘의
　　꿈일 뿐임을 알죠.
당신 안에서 노래하고 명상하는 존재가 별들이 우주에
　　수놓이던 최초의 순간 속에 여전히 머무르고 있다는
　　사실도.
당신들 중 그 존재가 지닌 사랑의 힘은 무한하다는 걸
　　느끼지 못하는 사람도 있습니까?
대체 누가 그 사랑 못 느끼겠습니까? 비록 무한하지만 그
　　존재 한가운데 속해 있으며, 이 사랑에 대한 생각에서
　　저 사랑에 대한 생각으로 옮겨 가지도, 이 사랑의

from love thought to love thought, nor from love deeds to
  other love deeds?
And is not time even as love is, undivided and spaceless?

But if in your thought you must measure time into seasons, let
  each season encircle all the other seasons,
And let today embrace the past with remembrance and the
  future with longing.

행위에서 저 사랑의 행위로 옮겨 가지도 않는 바로 그
사랑을.
그리고 시간이란, 마치 사랑이 그러하듯 그 자체로 전적이며
공간을 초월한 게 아니던가요?

그러나 당신이 마음속에서 시간을 꼭 사계절로 나눠야
하겠다면, 각 계절들로 하여금 다른 모든 계절들을
둘러싸게 하세요.
그리하여 오늘이 내일을 기억으로 감싸 안고, 미래를
열망으로 감싸 안도록.

ON GOOD AND EVIL

And one of the elders of the city said, "Speak to us of Good
 and Evil."

And he answered:

Of the good in you I can speak, but not of the evil.

For what is evil but good tortured by its own hunger and
 thirst?

Verily when good is hungry it seeks food even in dark caves,
 and when it thirsts, it drinks even of dead waters.

You are good when you are one with yourself.

Yet when you are not one with yourself you are not evil.

For a divided house is not a den of thieves; it is only a divided
 house.

And a ship without rudder may wander aimlessly among
 perilous isles yet sink not to the bottom.

You are good when you strive to give of yourself.

Yet you are not evil when you seek gain for yourself.

For when you strive for gain you are but a root that clings to
 the earth and sucks at her breast.

선과 악에 대하여

그리고 도시의 원로들 중 하나가 말했다. "우리에게 '선과
　　악'에 대해 말씀해 주소서."
알무스타파가 대답하길,
나는 당신 안의 선에 대해 말할 수 있을 뿐, 악에 대해서는
　　말할 수가 없습니다.
악이란 단지 굶주림과 목마름에 시달린 선에 불과한 게
　　아니던가요?
선은 굶주리면 심지어 깜깜한 동굴에 들어가서라도 먹을 걸
　　찾아내고야 맙니다. 목이 마르면 썩은 물이라 할지라도
　　서슴없이 들이켜요.

자신과 하나 됐을 때 당신은 선합니다.
하지만 자신과 하나 되지 않았을 때라도 악한 건 아니죠.
편이 갈린 집이라 해서 도둑놈 소굴이 되는 건 아니에요.
　　그저 편이 갈린 집일 뿐.
또한 키를 잃은 배는 위험한 섬들 사이를 아무 목적 없이
　　떠돌 테지만 그렇다고 바다 아래로 가라앉는 건 아니죠.

자신을 다 바치려 할 때 당신은 선합니다.
하지만 자신의 이득만을 추구할 때조차도 악한 건 아니죠.
이득을 얻으려 힘쓸 때의 당신은, 대지에 달라붙어 그녀의
　　젖가슴을 빠는 뿌리에 지나지 않으니까요.

Surely the fruit cannot say to the root, "Be like me, ripe and full and ever giving of your abundance."

For to the fruit giving is a need, as receiving is a need to the root.

You are good when you are fully awake in your speech,

Yet you are not evil when you sleep while your tongue staggers without purpose.

And even stumbling speech may strengthen a weak tongue.

You are good when you walk to your goal firmly and with bold steps.

Yet you are not evil when you go thither limping.

Even those who limp go not backward.

But you who are strong and swift, see that you do not limp before the lame, deeming it kindness.

You are good in countless ways, and you are not evil when you are not good,

You are only loitering and sluggard.

Pity that the stags cannot teach swiftness to the turtles.

정녕 열매가 뿌리에게 "나처럼 되렴, 잘 익은 채 잔뜩 매달려
　　너의 풍족함을 영원히 베풀어 줘."라고 말할 순 없겠죠.
열매가 할 일은 베푸는 것이며, 뿌리가 할 일은 받는
　　것이니까요.

환히 깬 정신으로 말할 때 당신은 선합니다.
하지만 당신의 혀가 잠든 채 길 잃고 휘청일 때조차도 악한
　　건 아니죠.
설령 횡설수설을 해 댈지라도 그게 연약한 혀를 강하게
　　단련시켜 줄지 누가 알겠어요.

목표를 향해 굳건하고도 힘찬 발걸음 내디딜 때 당신은
　　선합니다.
하지만 그곳으로 절뚝이며 걸어간다 하더라도 악한 건 아니죠.
절뚝거린다 해서 뒷걸음질치는 건 아니니까요.
하지만 자신이 힘세고 재빠르다 해서 절름발이 앞에서
　　상냥한 척한답시고 절뚝이진 마세요.

당신은 무수한 면에서 선하죠. 그리고 선하지 않을 때조차도
　　악한 것은 아니에요.
다만 빈둥대며 게으름을 피우고 있을 뿐.
참으로 애석한 일이지만 수사슴이라고 해서 거북이에게

In your longing for your giant self lies your goodness: and that
longing is in all of you.

But in some of you that longing is a torrent rushing with might
to the sea, carrying the secrets of the hillsides and the songs
of the forest.

And in others it is a flat stream that loses itself in angles and
bends and lingers before it reaches the shore.

But let not him who longs much say to him who longs little,
"Wherefore are you slow and halting?"

For the truly good ask not the naked, "Where is your
garment?" nor the houseless, "What has befallen your
house?"

재빠름에 대해 알려 줄 순 없는 노릇 아니겠어요.

당신의 선이란 더 큰 자아를 바라는 당신의 열망 속에 있는
  것. 그리고 그 열망은 당신들 모두가 지닌 것.
그런데 당신들 중 누군가의 열망은 산비탈의 비밀과 숲의
  노래를 모두 쓸어 가는 급류여서 힘차게 바다로
  내달립니다.
또 다른 이들의 열망은 얌전한 시냇물이라 도는 굽이굽이마다
  길을 잃어 한참을 어슬렁대다 해안에 당도하죠.
하지만 큰 열망 지닌 이라고 해서 작은 열망 지닌 이에게
  "대체 넌 왜 그렇게 느리고 꾸물대는 거지?"라고 말해선
  안 돼요.
진정 선한 자는 벌거벗은 자에게 "네 옷은 어디 됐니?"라고
  묻거나, 집 없는 자에게 "네 집은 대체 어찌된
  거야?"라고 묻지 않는 법이니까요.

ON PRAYER

Then a priestess said, "Speak to us of Prayer."

And he answered, saying:

You pray in your distress and in your need; would that you
    might pray also in the fullness of your joy and in your days
    of abundance.

For what is prayer but the expansion of yourself into the living
    ether?

And if it is for your comfort to pour your darkness into space,
    it is also for your delight to pour forth the dawning of your
    heart.

And if you cannot but weep when your soul summons you to
    prayer, she should spur you again and yet again, though
    weeping, until you shall come laughing.

When you pray you rise to meet in the air those who are
    praying at that very hour, and whom save in prayer you may
    not meet.

Therefore let your visit to that temple invisible be for naught
    but ecstasy and sweet communion.

기도에 대하여

그때 여사제가 말했다. "우리에게 '기도'에 대해 말씀해
   주세요."
알무스타파가 답하며 말하길,
고통스럽고 절박할 때 당신은 기도합니다. 당신이 기쁨으로
   충만하고 풍족한 나날을 보낼 때에도 또한 기도드리면
   좋으련만.

기도란 당신의 자아를 저 생명의 창공을 향해 활짝 펼치는
   일 외에 또 무엇이겠습니까?
그리고 만일 당신 어둠을 우주로 쏟아내는 게 당신의 안위를
   위한 것이라면, 당신 마음의 새벽을 몽땅 쏟아내는 일
   또한 당신 마음을 기쁘게 하는 일일 것입니다.
그리고 당신의 영혼이 당신을 불러 기도드리라 할 때 당신이
   울지 않을 수 없다면, 그렇다 하더라도 어머니 영혼은
   당신이 웃으며 찾아올 그날까지 몇 번이고 격려해 줄
   거예요.
기도할 때, 당신은 하늘로 날아올라 바로 그 시간에 기도
   드리고 있는 이들을 만납니다. 기도가 아니었다면 절대
   만날 수 없었을 그들을.
그러니 당신은 오로지 황홀경과 달콤한 교감만을 위해 그
   보이지 않는 사원을 방문하세요.
만일 뭔가를 청하려 거기 들어간다 해도 당신은 ㄱ 어떤

For if you should enter the temple for no other purpose than
asking you shall not receive.

And if you should enter into it to humble yourself you shall
not be lifted:

Or even if you should enter into it to beg for the good of
others you shall not be heard.

It is enough that you enter the temple invisible.

I cannot teach you how to pray in words.

God listens not to your words save when He Himself utters
them through your lips.

And I cannot teach you the prayer of the seas and the forests
and the mountains.

But you who are born of the mountains and the forests and the
seas can find their prayer in your heart,

And if you but listen in the stillness of the night you shall hear
them saying in silence,

"Our God, who art our winged self, it is thy will in us that
willeth.

It is thy desire in us that desireth.

It is thy urge in us that would turn our nights, which are thine,
into days which are thine also.

것도 받지 못할 테니까요.
또한 자신을 낮추려 거기 들어간다 해도 떠받들리는 일은
　　일어나지 않을 거예요.
남들이 잘되길 빌려고 거기 들어간다 해도 그 기도가
　　이루어지진 않을 테죠.
그저 당신이 그 보이지 않는 사원에 발을 들인다는
　　것만으로도 충분합니다.

내가 당신에게 기도하는 법을 말로 가르쳐 줄 순 없어요.
그것들이 '신 스스로' 입을 열어 한 말이 아닌 이상, '신'께선
　　당신이 하는 말을 듣지 않으실 테니까요.
또한 내가 당신에게 바다와 숲과 산의 기도를 가르쳐 줄
　　수도 없죠.
하지만 산과 숲과 바다에서 태어난 당신은 스스로의
　　마음속에서 기도를 발견할 수 있을 겁니다.
그리고 당신이 만일 밤의 고요에 귀 기울인다면 당신은
　　그들이 침묵 속에서 이렇게 말하는 걸 듣게 될 거예요.
"우리의 신, 날개 단 우리의 자아시여, 우리의 의지는 다름
　　아닌 우리 안에 거하는 당신의 의지.
욕망이란 곧 우리 안에 거하는 당신의 욕망입니다.
당신 것인 우리의 밤을, 역시 당신 것인 낮으로 바꿔 놓는
　　것 또한 우리 안에 거하는 당신의 충동.

We cannot ask thee for aught, for thou knowest our needs
before they are born in us:
Thou art our need; and in giving us more of thyself thou givest
us all."

우리는 당신에게 무엇을 요구할 수조차 없습니다. 당신은
　　우리가 무언가를 요구하기도 전에 그게 뭔지 다
　　아시니까요.
우리에게 필요한 건 바로 당신. 당신 스스로를 더욱 베풀어
　　주심으로써 당신은 우리에게 전부를 주시죠."

ON PLEASURE

Then a hermit, who visited the city once a year, came forth and
    said, "Speak to us of Pleasure."
And he answered, saying:
Pleasure is a freedom-song,
But it is not freedom.
It is the blossoming of your desires,
But it is not their fruit.
It is a depth calling unto a height,
But it is not the deep nor the high.
It is the caged taking wing,
But it is not space encompassed.
Ay, in very truth, pleasure is a freedom-song.
And I fain would have you sing it with fullness of heart; yet I
    would not have you lose your hearts in the singing.

Some of your youth seek pleasure as if it were all, and they are
    judged and rebuked.
I would not judge nor rebuke them. I would have them seek.
For they shall find pleasure, but not her alone:

즐거움에 대하여

그때 일 년에 한 번 이 도시를 찾는 한 은둔자가 나서서
　　말했다. "저희에게 '즐거움'에 대해 말씀해 주세요."
알무스타파가 답하며 말하길,
즐거움이야말로 자유의 노래,
그렇다고 그게 자유는 아닙니다.
즐거움은 당신 욕망의 꽃피움,
그렇다고 그게 욕망의 열매는 아니죠.
즐거움은 정상을 향해 소리치는 심연이되,
정작 자신은 정상도 심연도 아닌 것.
즐거움은 새장 속에 갇혀서도 날아가려 하는 것이지
사방이 막힌 그 공간이 즐거움은 아닙니다.
아아, 즐거움이란 참으로 자유의 노래.
나는 당신이 충만한 마음으로 그 노래 부르길 바라
　　마지않지만 그 노래에 마음까지 빼앗기진 않았으면
　　해요.

당신 젊은이들 중 몇몇은 마치 즐거움만이 전부인 양
　　즐거움을 추구합니다. 그래서 비판받고 비난당하죠.
나는 그들을 비판하지도 비난하지도 않습니다. 그들이 그냥
　　그러도록 놔둘 거예요.
그들은 즐거움을 찾는 와중에 즐거움 말고 다른 것들 역시
　　발견할 테니까요.

Seven are her sisters, and the least of them is more beautiful than pleasure.

Have you not heard of the man who was digging in the earth for roots and found a treasure?

And some of your elders remember pleasures with regret like wrongs committed in drunkenness.

But regret is the beclouding of the mind and not its chastisement.

They should remember their pleasures with gratitude, as they would the harvest of a summer.

Yet if it comforts them to regret, let them be comforted.

And there are among you those who are neither young to seek nor old to remember;

And in their fear of seeking and remembering they shun all pleasures, lest they neglect the spirit or offend against it.

But even in their foregoing is their pleasure.

And thus they too find a treasure though they dig for roots with quivering hands.

즐거움에게는 일곱 자매가 있는데, 그중 가장 덜 아름다운
　　여인조차도 즐거움에는 비할 바 없이 아름답죠.
당신은 뿌리를 캐려고 땅을 파헤치다 보물을 발견했다는
　　사람 얘길 들어 보지 못했습니까?

그리고 당신 원로들 중 몇몇은 즐거움을 추억할 때 늘
　　후회와 함께합니다. 마치 그게 무슨 취중에 저지른
　　실수라도 되는 양.
하지만 후회란 마음에 가득 드리워진 구름일 뿐, 마음을
　　벌주진 못해요.
그들은 감사한 마음으로 즐거움을 추억해야 할 겁니다. 마치
　　여름의 수확물을 보고 감사하듯이.
그러나 후회로 인해 그들이 평안을 얻는다면, 그것도 좋겠지요.

한편 당신들 중에는 즐거움을 추구할 만큼 젊지도, 즐거움을
　　추억할 만큼 나이 들지도 않은 분들 또한 계십니다.
즐거움을 추구하는 일과 추억하는 일 모두를 두려워하여
　　즐거움을 그냥 멀리해 버리는 분들이죠. 영혼을
　　무시하거나 기분 상하게 하는 일이 없도록.
하지만 그러는 와중에도 즐거움은 있습니다.
그리하여 비록 떨리는 손으로 뿌리를 캘지언정 그들 또한
　　보물을 발견하죠.

But tell me, who is he that can offend the spirit?

Shall the nightingale offend the stillness of the night, or the firefly the stars?

And shall your flame or your smoke burden the wind?

Think you the spirit is a still pool which you can trouble with a staff?

Oftentimes in denying yourself pleasure you do but store the desire in the recesses of your being.

Who knows but that which seems omitted today, waits for tomorrow?

Even your body knows its heritage and its rightful need and will not be deceived.

And your body is the harp of your soul,

And it is yours to bring forth sweet music from it or confused sounds.

And now you ask in your heart, "How shall we distinguish that which is good in pleasure from that which is not good?"

하지만 말씀해 보세요. 감히 누가 영혼의 기분을 상하게 할
　　수 있단 말입니까?
나이팅게일이 밤의 고요를 방해할 수 있나요? 아니면
　　반딧불이가 저 별들을?
당신이 피우는 불꽃이나 연기가 감히 바람을 수고로이 할
　　수 있습니까?
당신은 영혼을 지팡이 하나로 어지럽힐 수 있는 고요한
　　웅덩이쯤으로 생각하나요?

종종 당신 스스로 즐거움을 부정한다 할지라도 그건 당신
　　존재의 후미진 곳에 욕망을 쌓아 두는 일일 뿐.
오늘 나타나지 않았던 것이 내일 기다리고 있을지 누가
　　알겠어요?
심지어 당신의 몸조차 자신이 물려받은 유산과 정당한
　　욕구를 알고 있으니 속임당하진 않을 거예요.
당신의 몸이란 당신 영혼의 하프.
그걸로 감미로운 음악을 연주할지 쓸데없는 잡음만 울려
　　댈지는 어디까지나 당신의 몫.

그리고 이제 당신은 마음속으로 물을 테죠. "어떻게 하면
　　즐거움 속에 뒤섞인 좋은 것과 좋지 않은 것을 골라낼
　　수 있을까?"

Go to your fields and your gardens, and you shall learn that it
is the pleasure of the bee to gather honey of the flower,
But it is also the pleasure of the flower to yield its honey to the
bee.
For to the bee a flower is a fountain of life,
And to the flower a bee is a messenger of love,
And to both, bee and flower, the giving and the receiving of
pleasure is a need and an ecstasy.

People of Orphalese, be in your pleasures like the flowers and
the bees.

당신의 들판과 정원으로 가 보세요. 그러면 당신은 꽃의
　　꿀을 따는 것이 벌의 즐거움임을 알게 될 터.
동시에 자신의 꿀을 벌에게 내어 주는 것이 꽃의
　　즐거움이기도 하다는 것도.
벌에게 한 송이 꽃이란 생명의 원천과도 같으며,
꽃에게 한 마리 벌이란 사랑의 전령과도 같기에,
그리고 벌과 꽃 모두에게, 즐거움을 주고받는 일이란 욕구인
　　동시에 황홀경.

오르팔리스 사람들이여, 부디 꽃과 벌 들처럼 즐거움 속에
　　머무르시길.

ON BEAUTY

And a poet said, "Speak to us of Beauty."

And he answered:

Where shall you seek beauty, and how shall you find her unless
she herself be your way and your guide?

And how shall you speak of her except she be the weaver of
your speech?

The aggrieved and the injured say, "Beauty is kind and gentle.

Like a young mother half-shy of her own glory she walks
among us."

And the passionate say, "Nay, beauty is a thing of might and
dread.

Like the tempest she shakes the earth beneath us and the sky
above us."

The tired and the weary say, "Beauty is of soft whisperings. She
speaks in our spirit.

Her voice yields to our silences like a faint light that quivers in
fear of the shadow."

아름다움에 대하여

그리고 한 시인이 말했다. "우리에게 '아름다움'에 대해
　　말씀해 주세요."
알무스타파가 대답하길,
아름다움이 스스로 당신의 길이자 안내자가 되어 주지 않는
　　한, 당신이 어디서 아름다움을 찾고 어떻게 그걸 발견할
　　수 있겠어요?
그리고 아름다움이 직공이 되어 당신의 말을 엮어 주지 않는
　　한, 당신이 어떻게 아름다움에 대해 논할 수 있겠어요?

부당한 대우를 당한 자와 상처 입은 자는 말합니다.
　　"아름다움은 친절하고도 상냥한 것.
자신의 영광에 대해 약간은 부끄러워하는 나이 어린
　　엄마처럼 그녀는 우리들 사이를 거닐지."
그리고 정열적인 자는 말합니다. "아냐, 아름다움은
　　강력하고도 두려운 것.
마치 폭풍우와도 같이 그녀는 우리 발아래 대지와 머리 위
　　하늘을 뒤흔들어 버리지."

지친 자와 피곤한 자는 말해요. "아름다움은 부드러운 속삭임.
　　그녀는 우리 영혼 안에서 말을 건네지.
그녀의 목소리는 어둠이 두려워 떠는 희미한 빛처럼 우리의
　　침묵에 굴복하고 말아."

But the restless say, "We have heard her shouting among the
mountains,
And with her cries came the sound of hoofs, and the beating of
wings and the roaring of lions."

At night the watchmen of the city say, "Beauty shall rise with
the dawn from the east."
And at noontide the toilers and the wayfarers say, "We have
seen her leaning over the earth from the windows of the
sunset."

In winter say the snow-bound, "She shall come with the spring
leaping upon the hills."
And in the summer heat the reapers say, "We have seen her
dancing with the autumn leaves, and we saw a drift of snow
in her hair."
All these things have you said of beauty,
Yet in truth you spoke not of her but of needs unsatisfied,
And beauty is not a need but an ecstasy.
It is not a mouth thirsting nor an empty hand stretched forth,

하지만 불안한 자는 말합니다. "우린 아름다움이 산중에서
　　소리치는 걸 들었어.
그리고 그녀의 울부짖음과 함께 말발굽 소리, 날갯짓 소리와
　　사자가 으르렁대는 소리가 들려왔지."

밤중에 도시의 파수꾼들은 말합니다. "아름다움은 새벽이
　　오면 동쪽에서 떠오를 거야."
그리고 정오에 노동자와 도보 순례자 들은 말하죠. "우린 해
　　질 녘 창가에서 아름다움이 대지에 몸을 기대고 있는
　　걸 봤지."

겨울에 눈 속에 갇힌 이는 말해요. "봄이 오면 아름다움은
　　언덕 위로 뛰어오를 거야."
그리고 여름의 더위 속에서 수확하는 사람은 말합니다.
　　"우린 아름다움이 낙엽과 함께 춤추는 걸 봤지. 그리고
　　우린 그녀의 머릿결 사이로 눈발이 휘몰아치는 걸 봤어."
이 모두 당신들이 아름다움에 대해 말한 것들이죠,
하지만 사실 당신들은 아름다움에 대해 말한 것이 아니라
　　채워지지 않은 욕구에 대해 말했을 뿐.
그런데 아름다움이란 욕구가 아닌 황홀경.
목마른 입도 아니요, 앞으로 쭉 내민 빈손도 아닙니다.

But rather a heart enflamed and a soul enchanted.

It is not the image you would see nor the song you would hear,

But rather an image you see though you close your eyes and a song you hear though you shut your ears.

It is not the sap within the furrowed bark, nor a wing attached to a claw,

But rather a garden for ever in bloom and a flock of angels for ever in flight.

People of Orphalese, beauty is life when life unveils her holy face.

But you are life and you are the veil.

Beauty is eternity gazing at itself in a mirror.

But you are eternity and you are the mirror.

그보다는 차라리 불타는 마음이나 넋을 잃은 영혼에
　　가까운 것.
아름다움은 당신이 볼 수 있는 이미지나 들을 수 있는 노래
　　같은 게 아닙니다.
그보다는 차라리 눈을 감았는데도 보이는 이미지와 귀를
　　닫았는데도 들리는 노래에 가까운 것.
울퉁불퉁한 나무껍질 속에 흐르는 수액도 아니요, 짐승의
　　발톱에 매달린 날개도 아닙니다.
그보다는 차라리 영원히 꽃 핀 정원과 영원히 비행 중인 한
　　무리 천사들과도 같은 것.

오르팔리스 사람들이여, 아름다움이란 곧 자신의 성스러운
　　얼굴에서 베일을 벗은 삶 그 자체.
그런데 그 삶과 베일이란 다름 아닌 바로 당신이지요.
아름다움이란 거울에 비친 자신을 응시하고 있는 영원.
그런데 그 영원과 거울이란 다름 아닌 바로 당신이에요.

ON RELIGION

And an old priest said, "Speak to us of Religion."

And he said:

Have I spoken this day of aught else?

Is not religion all deeds and all reflection,

And that which is neither deed nor reflection, but a wonder
and a surprise ever springing in the soul, even while the
hands hew the stone or tend the loom?

Who can separate his faith from his actions, or his belief from
his occupations?

Who can spread his hours before him, saying, "This for God
and this for myself; This for my soul, and this other for my
body?"

All your hours are wings that beat through space from self to
self.

He who wears his morality but as his best garment were better
naked.

The wind and the sun will tear no holes in his skin.

And he who defines his conduct by ethics imprisons his song-
bird in a cage.

The freest song comes not through bars and wires.

종교에 대하여

그리고 한 늙은 남자 사제가 말했다. "우리에게 '종교'에
　　대해 말씀해 주세요."
알무스타파가 말하길,
내가 오늘 그것 말고 다른 걸 얘기한 적이 있었던가요?
종교란 일체의 행위이자 일체의 반성.
그 자체로는 행위도 반성도 아니지만, 심지어 두 손으로
　　돌을 쪼고 베틀을 손질하는 와중에도 당신 영혼
　　속에서 영원히 솟아오르는 경이와 놀라움 아니던가요?
자신의 신앙과 행동을 분리할 수 있는 자, 자신의 직업과
　　믿음을 분리할 수 있는 자 그 누구겠어요?
눈앞에 자신의 시간을 펼쳐 놓고, "이 시간은 '신'을 위한
　　것이고 이 시간은 나를 위한 것, 이 시간은 내 영혼을
　　위한 것이고 또 이 시간은 내 육신을 위한 것"이라고
　　말할 자 그 누구겠어요?
당신의 모든 시간은 자아에서 자아로 날아가며 하늘에
　　펄럭이는 날개.
도덕성을 자신이 가진 최고의 옷이랍시고 걸칠 바에는
　　차라리 벌거벗는 게 낫습니다.
바람과 태양은 그의 피부에 아무 구멍도 내지 못할 거예요.
그리고 윤리로 자신의 행실을 결정하는 자는 자신의
　　노래하는 새를 새장 속에 가두고 말죠.
진성 자유로운 노래는 창살과 철조망을 통해선 늘려오지

And he to whom worshipping is a window, to open but also to
 shut, has not yet visited the house of his soul whose
 windows are from dawn to dawn.

Your daily life is your temple and your religion.
Whenever you enter into it take with you your all.
Take the plough and the forge and the mallet and the lute,
The things you have fashioned in necessity or for delight.
For in revery you cannot rise above your achievements nor fall
 lower than your failures.
And take with you all men:
For in adoration you cannot fly higher than their hopes nor
 humble yourself lower than their despair.

And if you would know God be not therefore a solver of
 riddles.
Rather look about you and you shall see Him playing with
 your children.
And look into space; you shall see Him walking in the cloud,
 outstretching His arms in the lightning and descending in
 rain.

않는 법.

그리고 숭배하는 일을 창문을 열고 닫는 일 정도로만
　여기는 자는 아직 영혼의 집을 방문조차 못 한 거예요.
　그 집 창문은 새벽에서 새벽까지 펼쳐져 있으니까요.

당신의 일상이야말로 당신의 신전이요 종교입니다.
그곳에 들어갈 때는 당신이 지닌 모든 걸 다 가져가세요.
쟁기와 풀무, 나무망치와 류트,
당신이 필요에 의해, 혹은 재미로 만든 그것들을.
몽상 속에서 당신은 당신이 이룬 것보다 더 높이 올라가지도,
　당신의 실패보다 더 낮은 곳으로 떨어지지도 않으니까요.
그리고 모든 사람들을 다 데려가세요.
예배를 드릴 때 당신은 그들의 희망보다 더 높이 날 수도,
　그들의 절망보다 자신을 더 낮출 수도 없으니까요.

그리고 당신이 '신'을 알고자 한다면 수수께끼를 푸는
　사람은 되지 마시길.
오히려 당신 주위를 둘러보면 '그분'이 당신 아이들과 함께
　놀고 계신 걸 볼 수 있을 겁니다.
그리고 하늘을 바라보면 구름 속을 거닐며 번개 속에
　자신의 두 팔 활짝 펼치고 비가 되어 내리는 '그분'을 볼
　수 있을 거예요.

You shall see Him smiling in flowers, then rising and waving
His hands in trees.

당신은 꽃 속에서 웃고 계시다 가만히 일어나 나무
속에서도 두 손 흔드시는 '그분'을 볼 수 있을 겁니다.

ON DEATH

Then Almitra spoke, saying, "We would ask now of Death."

And he said:

You would know the secret of death.

But how shall you find it unless you seek it in the heart of life?

The owl whose night-bound eyes are blind unto the day cannot unveil the mystery of light.

If you would indeed behold the spirit of death, open your heart wide unto the body of life.

For life and death are one, even as the river and the sea are one.

In the depth of your hopes and desires lies your silent knowledge of the beyond;

And like seeds dreaming beneath the snow your heart dreams of spring.

Trust the dreams, for in them is hidden the gate to eternity.

Your fear of death is but the trembling of the shepherd when he stands before the king whose hand is to be laid upon him in honour.

죽음에 대하여

그때 알미트라가 말했다. "이제 우리가 '죽음'에 대해 물을
　　차례입니다."
알무스타파가 말하길,
당신은 죽음의 비밀을 알려 합니다.
하지만 삶의 한복판에서 찾지 않는다면 어찌 그 비밀을
　　발견할 수 있겠어요?
밤눈이 밝은 대신 낮에는 장님이나 다름없는 올빼미는 결코
　　빛의 신비를 밝혀낼 수 없겠죠.
당신이 진정 죽음의 영혼을 바라보려 한다면 삶의 육신을
　　향해 마음을 활짝 여세요.
심지어 강과 바다가 한 몸이듯 삶과 죽음 또한 한 몸이니까요.

당신의 희망과 욕망 저 깊은 곳, 바로 그곳에 세상 저 너머에
　　대한 고요한 앎이 잠들어 있습니다.
그리고 쌓인 눈 아래서 꿈꾸는 씨앗처럼 당신의 마음은
　　봄을 꿈꾸죠.
그 꿈을 믿으세요, 바로 그 꿈속에 영원으로 가는 문이
　　숨겨져 있을 테니.
죽음에 대한 두려움은 영광스럽게도 왕 앞에 선 채 그의
　　손길을 기다리는 목동의 떨림에 불과한 것.

Is the shepherd not joyful beneath his trembling, that he shall
wear the mark of the king?
Yet is he not more mindful of his trembling?

For what is it to die but to stand naked in the wind and to melt
into the sun?
And what is to cease breathing, but to free the breath from its
restless tides, that it may rise and expand and seek God
unencumbered?

Only when you drink form the river of silence shall you indeed
sing.
And when you have reached the mountain top, then you shall
begin to climb.
And when the earth shall claim your limbs, then shall you truly
dance.

왕의 은총을 받을 거란 생각에, 목동은 떨면서도 실은
　　속으로 기뻐하지 않던가요?
그러면서도 그는 자신의 떨림에만 더 마음을 쓰지 않던가요?

그러니 죽는다는 것, 그건 바람 속에 벌거벗고 선 채 햇빛
　　속으로 증발해 버리는 게 아니면 또 뭐란 말입니까?
그리고 숨 쉬길 그만둔다는 것, 그건 쉼 없는 들숨과 날숨의
　　물결들로부터 숨을 해방시키는 것. 그리하여 아무
　　방해도 없이 하늘로 퍼져 '신'을 찾는 일이 아니면 또
　　무엇이겠어요?

오직 침묵의 강물을 마신 후에야 당신은 진실로 노래할 수
　　있게 됩니다.
그리고 당신이 산의 정상에 올랐을 때, 그제야 비로소
　　당신은 오르기 시작할 테죠.
대지가 당신의 팔다리를 거둬 갈 때, 그제야 비로소 당신은
　　진정으로 춤추게 될 터.

THE FAREWELL

And now it was evening.

And Almitra the seeress said, "Blessed be this day and this place and your spirit that has spoken."

And he answered, "Was it I who spoke? Was I not also a listener?"

Then he descended the steps of the Temple and all the people followed him. And he reached his ship and stood upon the deck.

And facing the people again, he raised his voice and said:

People of Orphalese, the wind bids me leave you.

Less hasty am I than the wind, yet I must go.

We wanderers, ever seeking the lonelier way, begin no day where we have ended another day; and no sunrise finds us where sunset left us.

Even while the earth sleeps we travel.

We are the seeds of the tenacious plant, and it is in our ripeness and our fullness of heart that we are given to the wind and are scattered.

작별

그리하여 이제 저녁이 되었다.
예언자인 알미트라는 말했다. "지금 오늘 이 자리, 그리고
　　말씀을 들려준 당신 영혼에게 축복이 있기를."
그러자 알무스타파가 답하길, "말한 사람이 저였던가요? 나
　　또한 듣는 자가 아니었나요?"

이윽고 그가 사원의 계단을 내려오자 도시의 모든 사람들이
　　그의 뒤를 따랐다. 그리고 그는 자신의 배에 이르러
　　갑판 위에 섰다.
그는 다시 한번 사람들을 향해 큰 소리로 말했다.
오르팔리스 사람들이여, 바람이 내게 그만 떠나라 합니다.
내가 바람보다 급한 건 아니지만 그래도 가야 하겠죠.
우리 방랑자들, 항상 더 외로운 길만을 찾아 떠나는
　　우리들은 하루를 마무리한 곳에서 또 다른 하루를
　　시작하지 않습니다. 또한 석양과 작별한 곳에서 또다시
　　일출을 맞이하지도 않죠.
대지가 잠든 와중에도 우린 여행합니다.
우리는 끈질긴 식물의 씨앗. 그리하여 잔뜩 무르익고 마음
　　충만해질 때, 그제야 우린 비로소 바람 속에 날려
　　대지에 흩뿌려질 테죠.

Brief were my days among you, and briefer still the words I
   have spoken.

But should my voice fade in your ears, and my love vanish in
   your memory, then I will come again,
And with a richer heart and lips more yielding to the spirit will
   I speak.
Yea, I shall return with the tide,
And though death may hide me, and the greater silence enfold
   me, yet again will I seek your understanding.
And not in vain will I seek.
If aught I have said is truth, that truth shall reveal itself in a
   clearer voice, and in words more kin to your thoughts.

I go with the wind, people of Orphalese, but not down into
   emptiness;
And if this day is not a fulfillment of your needs and my love,
   then let it be a promise till another day.

내가 당신들과 함께 보낸 날들 짧았고, 내가 한 말은 그보다
더 짧았습니다.
하지만 내 목소리가 당신들 귓가에서 사라지고 내 사랑이
당신들 기억 속에서 사라지면 그때 나는 다시 돌아올
거예요.
그리고 더욱 풍요로운 마음과 영혼에 더욱 순응하는 입술로
말할 겁니다.
그래요, 파도를 타고 다시 돌아오겠습니다.
그리하여 비록 죽음이 나를 감추고 더 큰 침묵이 나를
감쌀지라도 다시 한번 당신들의 깨달음을 도울 거예요.
그리고 그건 결코 헛되지 않겠죠.
만일 내가 말씀드린 것들 중 일말의 진실이라도 존재한다면,
그 진실은 보다 분명한 목소리로, 그리고 당신들 생각에
더욱 와 닿는 말로 스스로를 드러낼 것입니다.

오르팔리스 사람들이여, 나는 바람과 함께 떠나갑니다. 하지만
결코 공허하게 사라지는 건 아니죠.
그러니 만일 당신들이 바라는 것과 나의 사랑이 오늘 다
채워지지 않는다면 다음날을 기약합시다.

Man's needs change, but not his love, nor his desire that his
love should satisfy his needs.

Know therefore, that from the greater silence I shall return.

The mist that drifts away at dawn, leaving but dew in the fields,
shall rise and gather into a cloud and then fall down in rain.

And not unlike the mist have I been.

In the stillness of the night I have walked in your streets, and
my spirit has entered your houses,

And your heart-beats were in my heart, and your breath was
upon my face, and I knew you all.

Ay, I knew your joy and your pain, and in your sleep your
dreams were my dreams.

And oftentimes I was among you a lake among the mountains.

I mirrored the summits in you and the bending slopes, and
even the passing flocks of your thoughts and your desires.

And to my silence came the laughter of your children in
streams, and the longing of your youths in rivers.

인간의 욕구란 변하게 마련이지만, 사랑은 그러지 않아요.
　　사랑을 통해 욕구를 채우려는 욕망 또한 변치 않지요.
그러니 부디 기억해 주세요, 더 깊은 침묵으로부터 내가
　　돌아올 거란 사실을.
새벽이면 안개는 들판에 이슬만을 남긴 채 사라지지만
　　하늘로 솟아올라 구름이 된 후에는 다시 비가 되어
　　쏟아질 거예요.
그동안 나는 그 안개와 다르지 않았죠.
밤의 고요 속에서 나는 당신들의 거리를 거닐었고 내
　　영혼은 당신들의 집을 방문했습니다.
그러자 당신들 심장의 고동 소리가 내 심장 안에서 울려
　　퍼졌고, 당신들의 숨결이 내 얼굴에 와 닿았어요.
　　그리하여 나는 당신들 모두를 알았습니다.
아아, 난 당신들의 기쁨과 고통을 알았죠. 그래서 당신들이
　　잠들었을 때 꾸었던 꿈은 또한 나의 꿈이기도 했어요.
종종 나는 산들에 둘러싸인 호수처럼 당신들 사이에
　　있었습니다.
당신들 내면의 산꼭대기와 굽이진 산비탈, 그리고 당신들의
　　생각과 욕망 들이 떼를 지어 지나가는 것까지도
　　비추었죠.
그리고 내 침묵 속으로 개울물과도 같은 아이들의 웃음과
　　강물과도 같은 젊은이들의 열망이 흘러들었습니다.

And when they reached my depth the streams and the rivers
  ceased not yet to sing.

But sweeter still than laughter and greater than longing came to
  me.
It was boundless in you;
The vast man in whom you are all but cells and sinews;
He in whose chant all your singing is but a soundless
  throbbing.
It is in the vast man that you are vast,
And in beholding him that I beheld you and loved you.
For what distances can love reach that are not in that vast
  sphere?
What visions, what expectations and what presumptions can
  outsoar that flight?
Like a giant oak tree covered with apple blossoms is the vast
  man in you.
His might binds you to the earth, his fragrance lifts you into
  space, and in his durability you are deathless.
You have been told that, even like a chain, you are as weak as

그 개울물과 강물은 내 심연에 다다랐을 때에도 노래를
   멈추지 않았어요.

하지만 그 웃음보다 감미롭고 그 열망보다 거대한 것이
   내게로 왔답니다.
그건 바로 당신들 안의 무한.
당신들 모두는 단지 세포와 힘줄로 이루어져 있을 뿐이지만
   그 속에는 거인이 살고 있어요.
그가 부르는 성가 속에서 당신들이 부르는 노래란 죄다 소리
   없는 고동에 불과할 뿐.
그리고 그 거인 안에 머물 때야말로 당신들은 거대해집니다.
그를 바라보면서 나는 당신들을 바라보았고 사랑했지요.
그러니 그 광대한 영역 안에서 사랑이 가 닿지 못할 곳이
   과연 어디 있겠어요?
어떤 이상이, 어떤 기대와 어떤 어림짐작이 사랑의 비행보다
   더 높이 날아오를 수 있겠어요?
사과 꽃으로 뒤덮인 거대한 오크 나무, 당신 안의 거인은
   바로 그것과도 같습니다.
그의 힘은 당신들을 대지에 묶어 주고, 그의 향기는
   당신들을 하늘로 날려 보내요. 그의 장구함 속에서
   당신들은 불멸하죠.
당신들은 종종 쇠사슬의 가장 약한 고리만큼이나

your weakest link.

This is but half the truth. You are also as strong as your strongest link.

To measure you by your smallest deed is to reckon the power of ocean by the frailty of its foam.

To judge you by your failures is to cast blame upon the seasons for their inconsistency.

Ay, you are like an ocean,

And though heavy-grounded ships await the tide upon your shores, yet, even like an ocean, you cannot hasten your tides.

And like the seasons you are also,

And though in your winter you deny your spring,

Yet spring, reposing within you, smiles in her drowsiness and is not offended.

Think not I say these things in order that you may say the one to the other, "He praised us well. He saw but the good in us."

I only speak to you in words of that which you yourselves

나약하다는 말을 들어 왔습니다.
이는 반쪽짜리 진실에 불과해요. 당신들은 쇠사슬의 가장
　　튼튼한 고리만큼이나 강하기도 합니다.
당신들이 행한 일들 중 가장 사소한 것으로 당신들을
　　재단하는 건 대양의 힘을 그 물거품의 덧없음만으로
　　재려는 것이나 다를 바 없어요.
당신들의 실패로 당신들을 판단하는 건 계절이 자꾸
　　변한다며 계절을 비난하는 것이나 마찬가지.

아아, 당신들은 대양과도 같아요.
하지만 당신들이 비록 대양과 같다 할지라도 무겁게 좌초된
　　채 당신들 해안에서 밀물을 기다리고 있는 배들을 위해
　　바닷물을 재촉할 순 없는 법.
당신들은 또한 사계절과도 같죠.
그리하여 당신이 겨울일 때 당신은 스스로의 봄을
　　부정하겠지만
정작 당신 안에 휴식하고 있는 봄은 나른히 미소 지으며
　　전혀 기분 나빠 하지 않습니다.
내가 당신들이 서로 "그는 우리를 정말 떠받들어 주는군.
　　그는 우리들의 좋은 점만 봐 주었어."라고 말하는 걸
　　듣겠다고 이렇게 말하는 거라 생각진 마세요.
나는 다만 당신들이 이미 마음속으로 알고 있는 것들을

know in thought.

And what is word knowledge but a shadow of wordless
knowledge?

Your thoughts and my words are waves from a sealed memory
that keeps records of our yesterdays,

And of the ancient days when the earth knew not us nor
herself,

And of nights when earth was upwrought with confusion.

Wise men have come to you to give you of their wisdom. I
came to take of your wisdom:

And behold I have found that which is greater than wisdom.

It is a flame spirit in you ever gathering more of itself,

While you, heedless of its expansion, bewail the withering of
your days.

It is life in quest of life in bodies that fear the grave.

There are no graves here.

These mountains and plains are a cradle and a stepping-stone.

말로 전할 뿐.
그런데 말로 표현하는 앎이란 말 없는 앎의 그림자에
　　불과한 게 아니던가요?
당신들의 생각과 나의 말은 물결입니다. 우리들의 과거,
그리고 어머니 대지가 우리는 물론이거니와 자기 자신도
　　알지 못했던 태곳적 날들,
또한 대지가 혼돈에 휩싸였던 밤들을 모두 담고 있는
　　봉인된 기억들로부터 흘러나오는 물결.

현명한 자들은 그들의 지혜를 전해 주기 위해 당신들에게
　　왔습니다. 나는 당신들의 그 지혜를 좀 얻어 가려 왔지요.
그런데 보세요. 내가 발견한 지혜보다 더 위대한 그것을.
그것은 당신들 안에서 나날이 더 커져 가고 있는 불꽃 같은
　　영혼.
그런데 당신들은 그 불꽃이 더욱 커져 가는 걸 알지 못하고
　　하루하루 시들어 간다며 비통해하고만 있어요.
육신 속에 갇힌 삶만을 바라는 삶은 무덤을 두려워하는 법.

여기 무덤은 단 하나도 없어요.
여기 이 산과 평원 들은 요람이자 디딤돌일 뿐.

Whenever you pass by the field where you have laid your
    ancestors look well thereupon, and you shall see yourselves
    and your children dancing hand in hand.
Verily you often make merry without knowing.

Others have come to you to whom for golden promises made
    unto your faith you have given but riches and power and
    glory.
Less than a promise have I given, and yet more generous have
    you been to me.
You have given me deeper thirsting after life.
Surely there is no greater gift to a man than that which turns all
    his aims into parching lips and all life into a fountain.
And in this lies my honour and my reward, —
That whenever I come to the fountain to drink I find the living
    water itself thirsty;
And it drinks me while I drink it.

Some of you have deemed me proud and over-shy to receive
    gifts.

당신들이 선조들을 누인 그 들판을 지날 때마다 그곳을 한번
　　잘 살펴보세요. 그러면 당신들과 당신들의 아이들이
　　손에 손을 잡은 채 춤추고 있는 걸 보게 될 거예요.
정녕 당신들은 종종 영문도 모른 채 즐겁게 놉니다.

다른 이들 또한 당신들에게 왔지요. 그들이 당신들의
　　신앙심을 위해 해 준 커다란 약속의 대가로 당신들은
　　그들에게 부와 권력과 영광만을 주었어요.
나는 약속 하나 해 주지 못했는데, 그런데도 당신들은 나를
　　진정 너그러이 대해 주었습니다.
당신들은 내게 삶에 대한 깊은 갈증을 안겨 줬어요.
한 인간에게 베풀 수 있는 선물 가운데, 그가 사는 목적을
　　온통 바짝 마른 입술로 바꿔 놓은 다음, 삶을 온통
　　샘물로 바꿔 놓는 것보다 더 큰 선물은 분명 없을 겁니다.
이것이야말로 내가 누리는 영예이자 보답.
내가 샘물을 마시러 갈 때마다 생명의 물 또한 목말라 하며
내가 그 물 마실 때 그 물 또한 나를 마신다는 걸 알게 된
　　것 말이에요.

당신들 중에는 내가 너무 잘나고 지나치게 수줍어해 선물
　　받길 꺼리는 거라 생각한 분들도 있습니다.

Too proud indeed am I to receive wages, but not gifts.

And though I have eaten berries among the hills when you
would have had me sit at your board,

And slept in the portico of the temple when you would gladly
have sheltered me,

Yet was it not your loving mindfulness of my days and my
nights that made food sweet to my mouth and girdled my
sleep with visions?

For this I bless you most:

You give much and know not that you give at all.

Verily the kindness that gazes upon itself in a mirror turns to
stone,

And a good deed that calls itself by tender names becomes the
parent to a curse.

And some of you have called me aloof, and drunk with my
own aloneness,

And you have said, "He holds council with the trees of the
forest, but not with men.

He sits alone on hill-tops and looks down upon our city."

True it is that I have climbed the hills and walked in remote

진정 나는 품삯을 받기엔 너무 잘났습니다. 하지만 선물은
　　아니죠.
비록 당신들이 나를 식탁에 초대하려 했을 때 내가
　　언덕에서 산딸기를 따먹었으며
또한 당신들이 기꺼이 나를 재워 주려 했을 때 내가 사원의
　　현관 지붕 아래서 잠을 자긴 했죠.
하지만 내 입에 들어오는 음식 달콤하게 하고 내 잠을
　　꿈으로 감싸 주었던 건 나의 낮과 밤에 대한 당신들의
　　다정하고도 세심한 배려심 아니었던가요?

그러기에 난 당신들께 더할 나위 없는 축복을 드립니다.
많은 걸 베풀면서도 그걸 전혀 알지 못하는 당신들에게.
실로 거울 속에 비친 자신을 응시하는 친절함은 돌로 변해
　　버리며,
스스로를 찬미하는 선한 행위는 저주를 낳고 마는 법.

당신들 중 누군가는 내가 냉담하다 말했죠. 스스로의
　　고독에 흠뻑 취해 있다고.
또한 당신들은 말했습니다. "그는 숲속 나무들과 함께
　　회의를 열지만 인간들과는 그러지 않아.
그는 언덕 꼭대기에 홀로 앉아 우리의 도시를 내려다보지"
내가 언덕에 올라 외딴 곳들을 거닐었던 건 사실입니다.

places.

How could I have seen you save from a great height or a great
distance?

How can one be indeed near unless he be far?

And others among you called unto me, not in words, and they
said,

"Stranger, stranger, lover of unreachable heights, why dwell you
among the summits where eagles build their nests?

Why seek you the unattainable?

What storms would you trap in your net,

And what vaporous birds do you hunt in the sky?

Come and be one of us.

Descend and appease your hunger with our bread and quench
your thirst with our wine."

In the solitude of their souls they said these things;

But were their solitude deeper they would have known that I
sought but the secret of your joy and your pain,

And I hunted only your larger selves that walk the sky.

아주 높은 곳이나 아주 먼 곳이 아니고서야 내가 어찌
    당신들을 볼 수 있었겠어요?
멀리 떨어져 있지 않고서야 어떻게 진정 가까이 있을 수
    있겠어요?

그리고 당신들 중 또 누군가는 마음속으로 내게 이렇게
    말했죠.
"이방인이여, 이방인이여, 도달하지 못할 높이를 사랑하는
    자여, 왜 당신은 독수리가 둥지를 트는 산꼭대기에 살고
    싶어 하지?
왜 당신은 얻을 수 없는 걸 얻으려 하는 거야?
당신의 그 그물로 대체 어떤 폭풍우를 붙잡으려 하며,
하늘에서 대체 어떤 수증기 같은 새를 사냥하려는 거지?
와서 우리랑 어울리시게.
내려와서 당신의 허기를 우리의 빵으로 달래고 당신의
    목마름을 우리의 포도주로 달래시게."
그들은 영혼이 고독하여 이처럼 말했습니다.
하지만 고독이 더 깊었더라면 알았을 테죠. 내가 찾던 건
    단지 당신들의 기쁨과 고통의 비밀이었고,
내가 사냥했던 건 단지 하늘을 거니는 당신들의 더 큰
    자아였음을.

But the hunter was also the hunted:

For many of my arrows left my bow only to seek my own
breast.

And the flier was also the creeper;

For when my wings were spread in the sun their shadow upon
the earth was a turtle.

And I the believer was also the doubter;

For often have I put my finger in my own wound that I might
have the greater belief in you and the greater knowledge of
you.

And it is with this belief and this knowledge that I say,

You are not enclosed within your bodies, nor confined to
houses or fields.

That which is you dwells above the mountain and roves with
the wind.

It is not a thing that crawls into the sun for warmth or digs
holes into darkness for safety,

But a thing free, a spirit that envelops the earth and moves in
the ether.

If these be vague words, then seek not to clear them.

하지만 사냥하는 자는 또한 사냥당하던 자,
내 화살의 시위를 떠난 많은 활들은 오직 내 가슴에 와
　　박힐 뿐이었어요.
또한 하늘을 나는 자는 땅을 기던 자,
태양 아래 내 날개가 펼쳐졌을 때 그것이 땅 위에 만든
　　그림자는 한 마리 거북이일 뿐이었죠.
그리고 믿는 자인 나는 또한 의심하던 자,
당신들에 대한 더 큰 믿음과 앎을 얻을 수 있지 않을까
　　하는 마음에 나는 종종 나 자신의 상처를 건드리곤
　　했답니다.

그리하여 바로 이렇게 얻은 믿음과 앎으로 내가 말씀드리건대,
당신들은 육신에 갇혀 있지도, 집이나 들판에 묶여 있지도
　　않습니다.
산 위의 하늘에 살며 바람과 함께 유랑하는 바로 그것이야말로
　　당신.
그것은 온기를 찾아 태양 아래로 기어들거나 몸을 사리느라
　　어둠 속에 굴을 파지도 않아요.
그것은 다만 자유로운 것, 대지를 뒤덮고 창공에 나다니는 것.

만일 지금 이 말들이 모호하게 들린다 할지라도 그걸
　　명확히 이해하려 들진 마세요.

Vague and nebulous is the beginning of all things, but not their
  end,
And I fain would have you remember me as a beginning.
Life, and all that lives, is conceived in the mist and not in the
  crystal.
And who knows but a crystal is mist in decay?

This would I have you remember in remembering me:
That which seems most feeble and bewildered in you is the
  strongest and most determined.
Is it not your breath that has erected and hardened the
  structure of your bones?
And is it not a dream which none of you remember having
  dreamt, that builded your city and fashioned all there is in
  it?
Could you but see the tides of that breath you would cease to
  see all else,
And if you could hear the whispering of the dream you would
  hear no other sound.

But you do not see, nor do you hear, and it is well.
The veil that clouds your eyes shall be lifted by the hands that

모호하고 막연한 것이야말로 모든 것의 시작. 그러나 끝은
　　그렇지 않으니.
나는 부디 당신들이 나를 하나의 시작으로 기억해 주길
　　바랍니다.
생명, 그리고 살아 있는 모든 것들은 결정(結晶)이 아닌 안개
　　속에서 수태된 것.
그리고 결정이 흩어지면 안개가 되고 말지 누가 알겠어요?

당신들이 나를 떠올릴 때, 부디 이것만은 기억해 주세요.
당신들 안의 가장 연약하고 혼란스러워 보이는 것이야말로
　　가장 강하고 무엇보다 확신에 찬 것이라는 사실을.
당신들의 뼈대를 세워 주고 또 단단하게 해 준 건 당신들의
　　숨이 아니던가요?
그리고 당신들의 도시를 건설하고 그 안의 모든 것들을 만든
　　건 당신들이 꾸고도 기억 못 하는 꿈이 아니던가요?
당신들이 날숨과 들숨의 물결을 볼 수만 있다면 다른 모든
　　것들 보기를 그만둘 텐데.
그리고 당신들이 꿈의 속삭임을 들을 수만 있다면 다른
　　소리는 전혀 들리지도 않을 텐데.

하지만 당신들은 보지도 듣지도 못하는군요. 그래도 좋습니다.
당신들의 두 눈을 가린 베일은 그 베일을 엮은 손에 의해

wove it,

And the clay that fills your ears shall be pierced by those fingers
that kneaded it.

And you shall see.

And you shall hear.

Yet you shall not deplore having known blindness, nor regret
having been deaf.

For in that day you shall know the hidden purposes in all
things,

And you shall bless darkness as you would bless light.

After saying these things he looked about him, and he saw the
pilot of his ship standing by the helm and gazing now at the
full sails and now at the distance.

And he said:

Patient, over-patient, is the captain of my ship.

The wind blows, and restless are the sails;

Even the rudder begs direction;

Yet quietly my captain awaits my silence.

And these my mariners, who have heard the choir of the greater
sea, they too have heard me patiently.

Now they shall wait no longer.

들추어질 것이며
당신들의 두 귀를 막은 찰흙은 그 찰흙을 반죽한 손가락에
　　의해 구멍 날 테니까요.
그러면 당신들은 보게 될 거예요.
또한 듣게 될 테죠.
그렇다고 해서 그동안 눈멀었던 걸 몰라 비통해하거나
　　귀먹었던 걸 몰라 후회할 필요는 없어요.
그날이 오면 당신들은 만물에 숨은 목적이 있음을 알게 될
　　것이고,
당신들이 빛을 축복하는 것만큼이나 어둠 또한 축복하게 될
　　테니까요.

이렇게 말한 후 알무스타파는 주위를 둘러보았다. 그리고
　　멀리서 자신이 탈 배의 조타수가 키 옆에 선 채 이제는
　　활짝 펼쳐진 돛과 저 먼 곳을 응시하고 있음을 보았다.
그가 말하길,
인내심 있군요. 정말이지 내 배의 선장은 인내심이 대단해요.
바람은 불어오고, 돛은 펄럭여요.
심지어 배의 키도 출항을 기다립니다.
그래도 나의 선상은 조용히 나의 침묵을 기다리는군요.
그리고 나의 선원들, 더 큰 바다의 합창을 들어 온 그들 또한
　　인내심을 가지고 내 말을 들어 주었습니다.

I am ready.

The stream has reached the sea, and once more the great
mother holds her son against her breast.

Fare you well, people of Orphalese.

This day has ended.

It is closing upon us even as the water-lily upon its own
tomorrow.

What was given us here we shall keep,

And if it suffices not, then again must we come together and
together stretch our hands unto the giver.

Forget not that I shall come back to you.

A little while, and my longing shall gather dust and foam for
another body.

A little while, a moment of rest upon the wind, and another
woman shall bear me.

Farewell to you and the youth I have spent with you.

It was but yesterday we met in a dream.

You have sung to me in my aloneness, and I of your longings
have built a tower in the sky.

But now our sleep has fled and our dream is over, and it is no

이제 더는 그들을 기다리게 하지 않으렵니다.
나는 준비가 됐어요.
시냇물은 바다에 이르렀고, 위대한 어머니께서는 다시 한번
　　자신의 아들을 가슴에 품어 줍니다.

안녕히들 계세요, 오르팔리스 사람들이여.
오늘은 끝이 났습니다.
수련이 내일을 위해 꽃잎을 오므리듯 오늘이 우리 앞에서
　　저물고 있어요.
여기서 우리에게 주어진 것을 우린 간직할 테지만,
만일 그것으로 충분치 않다면, 우린 다시 한번 힘을 모아
　　베푸는 자를 향해 함께 두 손 내밀어야 할 거예요.
내가 다시 당신들께 돌아오리란 걸 잊지 마세요.
조금만 있으면, 내 열망이 또 다른 육신을 위한 먼지와
　　물거품을 모을 겁니다.
조금만 있으면, 바람 속에 잠깐 잠들었다 일어나면, 또 다른
　　여인이 나를 낳겠지요.

당신들이여, 안녕. 그리고 내가 당신들과 함께했던 청춘이여,
　　안녕.
우리가 꿈속에서 만났던 건 겨우 어제의 일.
당신들은 내가 고독 속에 있을 때 나에게 노래해 주었고

longer dawn.

The noontide is upon us and our half waking has turned to
fuller day, and we must part.

If in the twilight of memory we should meet once more, we
shall speak again together and you shall sing to me a deeper
song.

And if our hands should meet in another dream, we shall build
another tower in the sky.

So saying he made a signal to the seamen, and straightaway
they weighed anchor and cast the ship loose from its
moorings, and they moved eastward.

And a cry came from the people as from a single heart, and it
rose into the dusk and was carried out over the sea like a
great trumpeting.

Only Almitra was silent, gazing after the ship until it had
vanished into the mist.

And when all the people were dispersed she still stood alone
upon the sea-wall, remembering in her heart his saying,

나는 당신들의 열망으로 하늘에 탑을 세웠죠.
하지만 이제 우리의 잠은 달아났고, 그 꿈은 끝이 났습니다.
    이제 더는 새벽이 아니에요.
정오가 밝아 왔습니다. 비몽사몽이던 우리의 정신은 이제
    완전한 낮이 되었고 우리는 작별해야만 해요.
만일 기억의 황혼 속에서 우리 다시 만난다면, 우린 함께
    다시 얘기할 테고 당신들은 내게 더 그윽한 노래를
    불러 줄 테죠.
만일 우리들의 손이 또 다른 꿈속에서 서로 닿는다면, 우린
    하늘에 또 다른 탑을 세울 거예요.

그렇게 말하며 그가 선원들에게 신호를 보내자 그들은 곧장
    닻을 올리고 배를 묶었던 밧줄을 풀고는 동쪽을 향해
    나아갔다.
그러자 사람들로부터 마치 한 사람의 가슴에서 터져
    나오는 듯한 울음이 들려왔고, 그 울음은 황혼 속으로
    솟아올라 저 바다 너머로 커다란 트럼펫 소리가 되어
    울려 퍼졌다.
오직 알미트라만이 침묵을 지키며, 배가 안개 속으로
    사라지는 모습을 가만히 바라보고 있었을 뿐.
그리고 사람들이 모두 흩어지고 난 후에도 그녀는 여전히
    방파제에 홀로 선 채, 마음속으로 그가 남긴 말을

"A little while, a moment of rest upon the wind, and another woman shall bear me."

떠올렸다.

"조금만 있으면, 바람 속에 잠깐 잠들었다 일어나면, 또 다른
여인이 나를 낳겠지요."

불행과 낙관

황유원

칼릴 지브란은 1883년 1월 6일, 레바논 베샤르의 어느 마론파(派) 교도 집안에서 태어났다. 가족은 어머니와 아버지, 형과 이윽고 태어난 두 명의 여동생을 포함한 여섯 식구. 세무 관리였던 아버지가 늘 술과 노름으로 시간을 보낸 것을 제외하면 그의 유년 시절은 비교적 평탄했다. 지브란은 특히 레바논의 자연환경으로부터 큰 영향을 받았는데 이는 이후 그의 작품 세계, 특히 『예언자』에 등장하는 각종 상징들의 형성에 결정적인 영향을 끼치게 된다. 그는 또한 이 시기에 어머니와 신부들로부터 아랍어와 시리아어의 기초를 배운다.

지브란의 나이 열두 살 되던 해에 그의 아버지가 횡령 혐의로 감옥에 갇히게 되고, 그 여파로 온 가족이 미국으로 이민을 가 남부 보스턴의 열악한 이민자 마을에 정착한다.

지브란은 학생 시절 이미 글과 그림 등 다방면으로 뛰어난 재능을 보였으며, 이로 인해 지역 예술가이자 사진작가였던 프레드 홀랜드 데이의 관심을 끌게 된다. 데이의 조언에 따라 지브란은 자신의 이름을 'Gibran Khalil Gibran'에서 'Kahlil Gibran'으로 바꾸었으며, 그의 도움으로 훗날 만나게 될 메리 해스켈을 비롯한 많은 예술가들과 교류하게 된다. 지브란은 예술과 학업을 위해 자신의 모든 시간을 바치느라 온 가족이 어렵게 생계를 꾸려 나가는 와중에도 일절 관여하지 않는다.

지브란이 열다섯 살이 되던 해인 1898년, 그는 어머니와 형의 요구에 따라 레바논으로 돌아가 거기서 3년을 머문다. 그곳에서 자신의 첫사랑을 만나지만 그녀가 갑자기 죽는 바람에 이 사랑은 그리 오래가지 못한다. 이 시기에 훗날 『예언자』의 초고를 이루는 『좋은 세상을 위하여』의 집필이 시작된다.

1902년, 지브란의 나이 열아홉이던 해에 그의 누이동생 술타나가 세상을 뜬다. 이듬해에는 맏형 부트루스와 어머니가 차례로 세상을 뜬다. 지브란이 "나의 성격과 기질의 90퍼센트는 어머니로부터 물려받은 것이다."라고 말한 것은 그가 어머니의 죽음으로 인해 얼마나 크게 상심했을지를 짐작케 한다. 깊은 실의에 빠진 그는 그림 그리기에 전념한다.

1904년에 미국으로 돌아온 지브란은 이후 평생의 후원자가 될 메리 해스켈을 만난다. 해스켈은 금전적 후원 외에도 지브란에게 영어를 가르쳐 주고 원고에 대한 조언을 해 주는 등 이후 지브란을 논할 때 빼놓을 수 없는 사람이 된다. 이들의 관계는 거의 연인 사이로 발전해 지브란은 그녀에게 두 번이나 청혼하지만 그녀는 나이 차이 등을 핑계로 이를 거절한다. 그녀가 결혼을 거부한 이유 중 하나는 그녀의 보수적인 가족이 아랍인 남자와의 결혼을 허락하지 않았기 때문인데, 이는 지브란에게 두고두고 큰 상처로 남는다.

1905년, 그가 아랍어로 쓴 첫 번째 책 『음악』이 출간된다. 2년 후 출간된 그의 세 번째 아랍어 책 『반항 정신』은 그 혁명적이고 반체제적인 목소리로 인해 시리아와 이집트에서 큰 물의를 일으켰으며 베이루트의 한 광장에서 불살라지기까지 했다.

1908년에 지브란은 파리로 가서 2년 동안 미술을 공부한다. 이듬해에 아버지마저 세상을 뜬다. 이제 그에게 남은 가족은 여동생 마리아나뿐.

1911년에 뉴욕으로 거처를 옮긴 지브란은 아랍어로 쓴 『부러진 날개』를 출간하는데, 이 책과 이후의 책들을 통해 아랍 문학에 산문시라는 장르를 처음으로 소개한다. 이듬해에는 『좋은 세상을 위하여』의 제목을 '섬의 신'으로 바꾼 후 작업을 이어 나간다.

1918년, 지브란이 영어로 쓴 첫 번째 책 『광인(The Madman)』이 출간된다. 이 책에 실린 글의 일부는 원래 아랍어로 썼던 글들을 지브란이 해스켈과 함께 영역한 것이다.

1920년에 출간된 두 번째 책『선구자(The Forerunner)』에 이어 마침내 1923년에 그의 대표작이자 출세작인『예언자(The Prophet)』가 출간된다. 이 책의 초고를 쓴 지 근 20년 만의 출간이었다. 이 책에는 지브란 자신이 직접 그린 삽화들 또한 수록되어 있다.『예언자』가 지브란에게 어떤 의미였는지는 그가 1931년에 했던 다음의 말에 잘 나타난다. "이 작은 책을 위해 나는 평생을 보냈다. 나는 이 책의 단어 하나하나가 내가 택할 수 있는 최선의 선택으로 이루어졌음을 확신하고 싶었다." 각종 언론들의 극찬으로 인한 유명세에도 불구하고 그는 큰 고통에 시달렸는데, 자신이 투자한 부동산 문제가 잘 풀리지 않았기 때문이다. 극도로 쇠약해진 정신과 육신을 달래기 위해 그는 술에 과도하게 의존하기 시작한다.

1926년에는『모래와 물거품(Sand and Foam)』이 출간된다. 아마도 그가 쓴 가장 유명한 문장들 중 하나일 "제가 하는 말의 절반은 무의미해요. 그래도 전 말합니다. 그 나머지 절반이 당신께 가 닿을 수 있게 하기 위하여.(Half of what I say is meaningless, But I say it so that the other half may reach you.)"는 훗날 가수 존 레넌이 비틀스 시절 만든 노래「줄리아(Julia)」에 "제가 하는 말의 절반은 무의미해요. 그래도 전 그저 당신께 가 닿고자 그 말을 하죠, 줄리아.(Half of what I say is meaningless, but I say it just to reach you, Julia.)"로 변형되어 인용되면서 여전히 많은 이들의 귓가에 울리고 있다.

1928년에는『예언자』속편의 집필을 미루고 쓴『사람의 아들 예수(Jesus, The Son of Man)』가 출간되어 미국 언론의 호평을 받는다.

건강이 계속 악화되는 와중에도 1929년에『이슬람교 수도승』을 탈고(그의 사후에『방랑자(The Wanderer)』라는 제목으로 출간),『지상의 신들(The Earth Gods)』 등을 출간하던 지브란은 마침내 1931년 4월 10일 이 세상에서 보낸 짧은 생을 마감한다.

그때 그의 나이 고작 마흔여덟, 원인은 간경화와 결핵. 지브란의
유해는 곧 그의 고향인 레바논의 베샤르로 옮겨져 엄청난 인파
들이 함께하는 가운데 마르 사르키스 수도원 내부의 동굴 속에
안치되었다. 그곳은 현재 지브란 박물관이 되어 있다.

지브란의 사후 『예언자의 정원(The Garden of the Prophet)』이
출간되었다. 이 책은 알무스타파가 고향으로 돌아온 후 아홉
명의 제자들과 함께 나누는 대화로 이루어져 있다. 그 외에도
많은 작품집이 출간되었지만 어떤 작품도 『예언자』의 명성에
근접하지는 못했다. 『예언자』는 특히 그의 사후 1960년대 미국의
반문화(反文化)와 뉴에이지 운동의 분위기 속에서 유명세를 타기
시작했으며, 유명세는 그 후로도 계속 이어져 현재까지 40여 개국
언어로 번역되어 1억 부 이상의 판매고를 기록하고 있다.

비록 비평가들로부터는 인정받지 못했음에도 『예언자』의
구절들은 정치가들의 연설과 결혼식, 장례식에서 두루 인용되며
여전히 그 생명력을 과시하고 있다. 지브란의 생은 대체로
불행했지만, 그가 쓴 '단 한 권의 책' 『예언자』는 여전히 우리
곁에 남아 세계 곳곳에서 여전히 낙천적인 지브란의 목소리를
들려주고 있는 것이다.

참고 자료

알렉상드르 나자르, 용경식 옮김, 『칼릴 지브란』, 작가정신, 2007.

"Kahlil Gibran's The Prophet: Why is it so loved?", BBC World Service,
2012.05.12., http://www.bbc.com/news/magazine-17997163 (2017.01.02.
접속)

"Kahilil Gibran," Wikipedia, The Free Encyclopedia. Wikimedia
Foundation, Inc. 01 Jan, 2017. Web. 02 Jan. 2017.

"The Prophet," Wikipedia, The Free Encyclopedia. Wikimedia
Foundation, Inc. 03 Nov, 2016. Web. 02 Jan. 2017.

작별 전에 하는 말

황유원

『예언자』는 오르팔리스 성(城)이 있는 한 가상의 섬에서
열두 해 동안이나 자신을 고향으로 데려다줄 배를 기다리던
예언자 알무스타파가 '자신의 배'가 오는 것을 보는 장면으로
시작한다. 그는 잠시 망설이다 곧 떠나야겠다는 결심을 굳히지만,
도시 사람들이 모두 그를 찾아와 떠나지 말아 달라고 간곡히
부탁한다. 아무 말없이 눈물만 흘리는 그에게 또 다른 예언자인
알미트라는 말한다. "그렇다면 우리에게 당신의 진리를 말로써
전해 주세요." 그러고는 우선 '사랑'이 무엇인지를 묻는다.
그리하여 총 스물여섯 개에 달하는 인생의 여러 국면들에 대한
시민들의 질문이 차례로 쏟아지기 시작한다.

칼릴 지브란이 이 책에서 펼치는 논리는 어찌 보면 매우
단순하며 크게 새로운 것도 없다. 진정한 삶이란 각종 흑백논리
너머에 존재하며, 우리가 곧 신은 아니지만, 신은 어디까지나
우리의 몸과 행동을 빌려 이 세상에 도래한다는 것. 그럴 때
우리는 신과 하나 되는 것이나 마찬가지라는 것. 어찌 보면
매우 교조적으로 느껴질 수도 있는 이러한 주장은, 그러나 칼릴
지브란이 오래도록 갈고 닦은 문장들, 쉽게 공감을 이끌어 낼
법한 지혜를 품은 문장들로 인해 곳곳에서 빛을 발한다.

『예언자』에서 자주 인용되는 문장들은 이루 셀 수 없이
많은데, 일례로 아직도 세계 각국의 결혼식장에서 읊어지고
있는 "서로 함께 있되, 사이에 거리를 두세요. / 그리하여 창공의
바람이 당신들 사이에서 춤추게 하세요."라는 문장이나 "당신의
기쁨이란 당신의 슬픔이 가면을 벗은 모습에 불과한 것." 같은

문장들을 들 수 있다. 어쨌거나 이 책은 지금까지 전 세계적으로
1억 부가 넘게 팔린 스테디셀러인 것이다.

다만 번역 내내 나를 좀 괴롭히던 것은 초반의 망설임과는
상반되게 거침없이 자신의 사상을 설파하는 예언자
알무스타파의 자아도취적인 어조, 그리고 이 글이 질문과
답변의 형식을 취하고 있는데도 거기서 어떤 토론도 이루어지지
않는다는 점이었다. 그러나 다행히 번역의 끝에 이르러 나는 그에
대한 나름의 답을 찾을 수 있었다.

자신의 생각에 이상할 정도로 강한 확신을 갖고 있는
알무스타파는 독자들에게 약간 미친 자처럼 보일 수도 있다.
그런데 서장인 「배가 오다」에서 망설임과 회의 속에 있던
알무스타파에게 말할 수 있는 용기를 준 사람, 그의 숨은 열정을
이끌어 낸 사람이 누구인지를 한번 생각해 보자. 그것은 다름 아닌
오르팔리스의 시민들이 아닌가? 남녀 사제들은 그에게 오래도록
하지 못했던 말들을 고하며 이렇게 말한다. "사랑이란 작별의
시간이 오기 전까진 스스로의 깊이를 알지 못하는 법." 그러므로
우리가 여기서 듣는 것은 알무스타파의 목소리뿐이지만 실은
그 배후를 사람들의 앎에 대한 열망이 가득 채우고 있는 것이다.
우리가 더욱 귀 기울여야 하는 것은 바로 그 배후의 열망이다.

그리고 알무스타파 앞에 모여든 그 많은 사람들 중 유독
우리의 관심을 끄는 자가 있으니, 바로 그 자신 역시 예언자인
알미트라이다. 그에게 가장 먼저 진리의 목소리를 들려달라고
요청한 사람도 알미트요, 연거푸 '사랑'과 '결혼'이 무엇이냐는
질문을 던져 알무스타파의 혀를 풀리게 하는 사람도
알미트라이다. 또한 알미트라는 마지막으로 '죽음'에 대한 질문을
던지며 질문의 장을 마무리 짓는 사람이기도 하다.

처음 읽었을 때는 잘 알 수 없었지만, 생각하면 할수록
알무스타파와 알미트라의 관계는 긴장감이 넘친다. 약간
과장해서 말해 보면, 마치 다른 사람들이 던진 질문과

200

알무스타파가 그에 답한 한나절의 시간이 둘 사이의 침묵을 더욱 길게 하기 위한 장치처럼 느껴지기까지 한다.

이 둘의 사랑에는 좀 묘한 구석이 있다. 그리고 둘 다 예언자이기는 하지만, 또한 알미트라가 비록 표면상 알무스타파에게 질문을 던지는 사람이며 그를 더욱 사랑하고 존경하는 사람처럼 보이긴 하지만, 그런데도 왠지 알미트라가 더욱 성숙한 사람이라는 인상을 지울 수가 없다.

『예언자』는 알무스타파가 떠나기 전에 한 말, "조금만 있으면, 바람 속에 잠깐 잠들었다 일어나면, 또 다른 여인이 나를 낳겠지요."를 떠올리는 알미트라의 모습으로 끝이 난다. 칼릴 지브란은 알무스타파를 낳을 '또 다른 여인'과 알미트라를 서로 묘하게 겹쳐 놓으며 이 책을 끝내 버린다. 개인적으로 알무스타파로 하여금 알미트라에게 개인적인 사랑의 고백을 들려주는 대신, 시민들 모두에게 공적인 가르침만을 펼치고 떠나가게 만든 칼릴 지브란이 다소 야속하게 느껴졌다. 물론 이 문장을 통해 그가 이별을 통한 영원한 하나 됨을 말하려 했다는 것만은 분명하다. 하지만 나 같은 속인이 느끼기에 그것은 너무나도 가슴 아픈 하나 됨이다.

이처럼 『예언자』에는 작별의 기운이 가득하다. 작별 전에 하는 말, 작별 전이라 할 수 있는 말, 작별하지 않았다면 하지 않았을 말, 그것이 『예언자』의 문장들이다. 그래서 다소 과장되고 경직되게 느껴질지라도 그것은 어디까지나 진실을 향해 외치는, 한정된 시간 안에 쏟아내는 한 개인의 절박한 목소리에 가까우며 바로 그 점이 읽는 이, 혹은 보는 이(이상하게도 이 광경은 들린다기보다는 보인다.)의 마음을 자꾸만 건드린다.

이제 그가 한 답변에 대한 반론과 토론은 온전히 독자들의 몫. 나는 그것이 『예언자』에서 아무런 토론도 벌어지지 않았던 진짜 이유라고 혼자 가만히 생각해 본다. 그리고 곁에 있는 당신에게 묻는다. 과연 당신이라면 이 질문들에 어떻게 대답하겠느냐고.

세계시인선 32   예언자

1판 1쇄 펴냄 2018년 5월 30일
1판 3쇄 펴냄 2022년 5월 17일

지은이   칼릴 지브란
옮긴이   황유원
발행인   박근섭, 박상준
펴낸곳   (주)민음사

출판등록 1966. 5. 19. (제16-490호)
주소   서울시 강남구 도산대로1길 62
             강남출판문화센터 5층 (06027)
대표전화 02-515-2000   팩시밀리 02-515-2007

www.minumsa.com

ⓒ 황유원, 2018. Printed in Seoul, Korea

ISBN 978-89-374-7532-0 (04800)
        978-89-374-7500-9 (세트)

세계시인선 목록